BEHERRSCHT VON DEN BERSERKERN

LEE SAVINO

Übersetzt von
MICHAEL KRUG

KOSTENLOSE NOVELLE

Hol dir ein kostenloses Exemplar von Gezeugt von den Berserkern und Eine Berserker-Geburt, indem du dich für meinen Newsletter anmeldest.

Der dritte Teil von Daegans, Brennas und Samuels Geschichte. Lies den ersten Teil in **Verkauft an die Berserker** *und den zweiten in* **Gepaart mit den Berserkern**. *Diese Novelle ist kostenlos, ein Geschenk.*

https://BookHip.com/PKRMGC

BEHERRSCHT VON DEN BERSERKERN

Als ich Nonne wurde, gelobte ich, keusch und rein zu bleiben. Dann überfielen die Berserker das Kloster und entführten mich. Jetzt bin ich ihre Gefangene, bin ihrer Gnade ausgeliefert. Und keinerlei Gebete werden die beiden riesigen, dominanten Krieger davon abhalten, Anspruch auf mich als Gefährtin zu erheben ...

Sie werden mir meine Gelübde entreißen und mich auf die Knie zwingen. Sie werden mich vor verruchtem Verlangen brennen lassen. Sie werden nicht aufhören, bis sie meine Lust beherrschen.

Und so wahr mir der Himmel helfe, wenn es vorbei ist, werde ich um mehr betteln.

Segne mich, Vater, denn ich habe gesündigt. Wieder und wieder und wieder.

PROLOG

Der Mond stand hoch am Himmel und tauchte alles in silbriges Licht. Ich kauerte an der Außenwand der Hütte, presste mich an das raue Holz und zitterte. Es war Frühlingsbeginn. Auf dem Boden lag noch Schnee, aber mir war nicht kalt.

Im Gegenteil. Eine Schweißperle rollte mir über die Stirn, kitzelte meine Haut und durchtränkte eine verirrte Strähne. Mit zittriger Hand wischte ich sie weg.

Das Fieber in mir tobte weiter. Ein grausames Feuer, das mich von innen heraus briet.

Wie viele Stunden hatte ich in dieser Nacht draußen verbracht? Wie oft hatte mich das Fieber in diesem Winter schon nach draußen getrieben? Die ersten paar Male hatte ich das Gesicht in den Schnee gedrückt, um es zu kühlen. Mittlerweile ersparte ich mir die Mühe.

Bitte, bitte, bitte, betete ich wie schon in so vielen Nächten zuvor. *Kyrie eleison. Herr, erbarm dich.*

Aber es kam keine Hilfe. Der Mond starrte als stummer Zeuge meiner Sünden auf mich herab.

Ein Knirschen von Kies unter einem Stiefel war meine

einzige Warnung, bevor ein Schatten über mich fiel. Der Hüne, der ihn warf, war muskelbepackt, breit und größer als ein gewöhnlicher Mann – ein wie aus Fels gehauener Riese. Ein Berserker.

»Juliet«, sagte der gewaltige Schemen. Hinter ihm zu seiner Rechten näherte sich ein weiterer Schatten über den gefrorenen Boden. Ein zweiter Krieger. Nur ein Berserker konnte so groß sein und sich dennoch so lautlos bewegen.

»Jarl.« Ich ließ den Kopf an die Wand zurückfallen und unterdrückte ein Stöhnen. Natürlich würden meine Gebete in dieser Nacht nicht erhört werden. »Und Fenrir.«

Als ich ihre Namen aussprach, traten die Krieger ins Licht. Beide waren bärtig und hatten mächtige Schultern, aber Jarl war etwas breiter, Fenrir dafür größer, und er hatte längeres Haar.

»Juliet.« Jarl legte den Kopf schief. »Du hast deine Stiefel nicht an.«

Ich zog die nackten Füße unter mein Gewand. »Was wollt ihr?«, krächzte ich. Es hatte keinen Sinn zu verheimlichen, dass sie mich beunruhigten.

»Du weißt, was wir wollen.« Jarl ging neben mir in die Hocke. Ein starker Duft von Holzrauch und Kiefern umgab mich. Ich kämpfte gegen den Drang an, mich ihm entgegenzulehnen. »Du leidest noch immer«, bemerkte er.

Ich lachte. Mein Atem bildete in der kalten Luft kleine Wölkchen. »Manch einer meint, Leid sei das Los einer Frau.«

»Wie lange?«, fragte Jarl.

Ich leckte mir die rissigen Lippen. »Du weißt, wie lange. Du hast mich all die Monate beobachtet.«

Jarl fluchte.

Fenrir runzelte die Stirn und kam näher, blieb aber ein Stück entfernt stehen. Er verschränkte die Arme vor der

Brust und ließ den Blick wachsam über den stillen Wald wandern.

Die um mein Herz geballte Faust lockerte sich. Irgendetwas daran, wie nah diese Männer bei mir standen und mich bewachten, vermittelte mir ein Gefühl von Sicherheit, wie ich es noch nie gehabt hatte. Es gefiel mir nicht, aber mein Körper ließ mir keine Wahl.

»Du hast all die Monate gelitten. Das muss nicht sein.« Jarl streckte die Hand aus und strich mir über die Stirn. »Wir haben darauf gewartet, dass du zu uns kommst.«

Ich musste gegen meine Instinkte ankämpfen und mich zwingen, vor seiner Berührung zurückzuscheuen. »Es ist sinnlos. Ich habe ein Gelübde abgelegt.«

Jarl ballte die ausgestreckte Hand zur Faust. »Verlangt dieses Gelübde auch deinen Tod? Denn wir sehen es und wissen es genauso gut wie du – das Fieber schwächt dich. Das kannst du nicht überleben. Du musst dich deiner Lust hingeben.«

Ich bleckte ihm die Zähne entgegen. »Niemals.«

»Kleines, du bist keine Nonne mehr.«

»Ich werde immer eine Nonne sein.«

»Will dein Gott wirklich, dass du den eigenen Trieben zuwiderhandelst? Ist er so grausam?«

Ich schloss die Augen, um ihn auszusperren, und flüsterte: »*Der Sünde Sold ist der Tod. Selig sind, die reinen Herzens sind; denn sie werden Gott schauen.*«

»Es hat keinen Zweck«, brummte Fenrir mit so tiefer Stimme, dass es fast wie ein Knurren klang. Jäh öffnete ich die Augen.

Jarl richtete sich auf. Einen Moment lang war ich enttäuscht. Was ich sofort verdrängte. Ich war froh, dass sie gingen. Wirklich.

Nur ging Jarl gar nicht. Fenrir auch nicht. Stattdessen

sahen sie sich gegenseitig an, und goldene Flammen loderten in ihren Augen auf.

»Dann lässt du uns keine andere Wahl«, sagte Jarl.

Ich rappelte mich auf. »Was soll das heißen?«

Seine Finger schnellten vor und schlossen sich um mein Handgelenk, bevor ich reagieren konnte. »Du kommst mit uns.«

Ich zog, konnte mich aber seiner überwältigenden Kraft nicht entziehen. Es half auch nicht gerade, dass sein Daumen zart über meine Pulsader strich und jede Berührung meine Glieder schwächte. »Was?«

»Das endet jetzt«, sagte Fenrir. Er kam näher, bis ich zwischen ihm und seinem Kriegerbruder gefangen war.

Jarl zog mich zu sich, bis meine zierliche Gestalt seinen Körper streifte. »Heute Nacht nehmen wir dich.«

JULIET

Ich erinnerte mich an die Nacht, in der die Berserker das Kloster überfallen hatten.

Ich schlief damals auf meiner Pritsche, und meine kalten Füße lugten aus der dünnen Decke hervor, als mich ein Schrei aus traumlosem Schlaf riss. Bevor mir überhaupt bewusst wurde, dass ich wach war, stand ich bereits auf den Beinen. Die Schreie kamen von überall, hallten von den Wänden wider. Hinter mir rührten sich die Nonnen in ihren Betten.

Ich rannte zum schmalen Fenster, und da sah ich sie: riesige, stille Gestalten, die sich scharenweise dem Kloster näherten. Krieger. Bärtig und massig. Mondlicht funkelte auf ihren Äxten, Messern und Schwertern. Sie waren gewaltig und halb nackt. Einige trugen Fackeln. Die anderen brachen die Türen auf, jagten ihre Beute durch die Gänge aus Stein und schleppten die jungen Frauen aus dem Waisenhaus hinaus auf die Wiese.

Die Schreie kamen von einer jungen Frau in einem weißen Gewand über der Schulter eines Kriegers. Er marschierte aus dem Kloster und verschwand im Wald.

Mein eigener Schrei blieb mir im Hals stecken. Das konnte nicht wirklich geschehen.

Ich raste zur Tür.

»Schwester Juliet, halt«, rief die Äbtin, als ich die Tür entriegeln wollte.

»Wir müssen ihnen helfen!«, brüllte ich und setzte mich zur Wehr, als eine der Schwestern an mir krallte und mich zurückziehen wollte. Der Rest der Nonnen kauerte in einer Ecke.

»Dummes Mädchen«, schimpfte die Äbtin knurrend. Sie trug nur ein Nachtgewand. Das lange, graue Haar hing ihr als jämmerlich dünner Strang auf den Rücken. »Das ist ein Überfall. Wir müssen uns selbst retten.«

»Meine Schwestern schweben in Gefahr.« Ich kämpfte mit der angreifenden Nonne. Schwester Hilda war groß, rund und besaß vom Bestellen der Felder dicke Muskeln. Sie rang mich nieder. Ich schnappte nach Luft, als meine Knie auf die Steinplatten prallten. Es erschien mir verrückt, dass wir untereinander kämpften, während das Kloster angegriffen wurde.

»Sie sind nur Waisen«, sagte die Äbtin und sah mich die Nase entlang von oben herab an. »Wir sind jetzt deine Schwestern.«

Alle erstarrten, als die vergitterte Tür erzitterte. Schwester Hilda ließ mich los, und wir taumelten beide rückwärts, weg von der splitternden Tür. Das dicke Holz leistete kaum Widerstand. Nach wenigen Herzschlägen brachen die Äxte durch.

Dann rissen große Hände die Reste der Tür auseinander. Die Nonnen hinter mir kreischten, als die riesigen Gestalten den Rahmen ausfüllten. Schwester Hilda und die Äbtin eilten weg, aber meine Füße wollten sich nicht rühren.

Ich stand zwischen den Kriegern mit ihren Äxten und dem Rest der Nonnen. Die Männer erwiesen sich als noch größer, als sie vom Fenster aus gewirkt hatten. Hoch ragten sie über mir auf.

»Halt!«, brüllte ich gellend. Ich wusste nicht, was über mich kam, doch ich war wie vom Wahnsinn gepackt. »Was hat das zu bedeuten?«

Sie antworteten nicht. Einer schnupperte und hob den Kopf wie ein Wolf. »*Holzmouwa.*« Neben ihm stand tatsächlich ein riesiger Wolf, der höher aufragte als ich und einen größeren Kopf besaß als ich. Eine weitere Runde verängstigter Schreie erhob sich von den Nonnen, als das große Tier hereintapste.

Ich breitete die Arme aus. Obwohl ich am ganzen Leib zitterte, rührte ich mich nicht von der Stelle. »Ihr könnt hier nicht herein. Wir sind Nonnen. Wir sind friedlich. Wir haben uns Gott verschrieben.«

Der Krieger und der Wolf hatten mich beinah erreicht, als sich zwei Krieger nach vorn drängten. Einer war groß und schlank. Langes dunkles Haar ergoss sich über seinen Rücken. Er trug ein um die Schulter geschlungenes Fell, eine Lederhose und sonst nichts. Der zweite Krieger war stämmiger, aber immer noch riesig. Dunkle Muster und Wirbel überzogen seine Arme.

»Wir kommen wegen den *Holzmouwas*«, verkündete er der Allgemeinheit. »Wir nehmen sie mit.«

»Warum?«, rief ich, und er richtete seinen verstörenden Blick auf mich.

»Keine Angst. Wir wollen euch nichts tun.«

»Nichts tun?«, hakte ich nach.

Der tätowierte Krieger nickte. »Ihr könnt die *Holzmouwas* begleiten, wenn ihr wollt.«

»Hinfort von hier«, fauchte die Äbtin. »Nehmt diese

verruchten jungen Frauen mit und lasst uns in Frieden.«

Der tätowierte Krieger zog eine Augenbraue hoch. Er wechselte einen Blick mit einem anderen Krieger. Der Wolf an seiner Seite wich aus dem Raum zurück.

»Wartet«, warf ich ein. Ich konnte nicht glauben, was ich von mir gab. Draußen schrie ein Mädchen gellend: »*Hilfe!*« Gleich darauf verstummte der Ruf wie abgeschnitten.

Ich zuckte zusammen und bot schnell an: »Ich komme mit.«

»Wie du willst.« Der Krieger kam näher, hob den Kopf und schnupperte. »Du bist eine *Holzmouwa*.«

»Ich bin Schwester Juliet.«

Er sagte etwas zu mir, und ich schüttelte den Kopf. Durch den Lärm der entfernten Schreie konnte ich ihn nicht verstehen.

»Eheweibchen«, wiederholte er und streckte mir die offene Hand entgegen.

Ich zögerte. Wollte ich das wirklich tun?

Bevor ich mich zurückziehen konnte, packte mich der tätowierte Krieger am Arm und zerrte mich durch die Tür. Der zweite, langhaarige Krieger folgte uns.

Dann neigte sich die Welt, und ich schrie. Der Krieger hatte mich über seine Schulter gehievt und trug mich davon.

»Lass mich runter.« Ich trommelte mit den Fäusten auf seinen Rücken. Er jedoch beschleunigte nur die Schritte. Dann befanden wir uns im Wald. Das Kloster blieb hinter uns zurück und verschwand durch das dichte Blätterwerk außer Sicht.

Ich verkniff mir einen weiteren Schrei und versuchte, nachzudenken. Sich zu wehren, würde nichts nützen. Ebenso vergeblich würden Hilferufe sein. Wer würde sie schon hören?

Ich musste nachdenken. Aber ich konnte nicht. Meine Gedanken überschlugen sich. Vielleicht würde ich beim Öffnen der Augen ja feststellen, dass ich alles nur geträumt hatte.

In der Ferne brach Geschrei aus und ließ mich den Kopf heben, um zu sehen, wohin der Krieger mich brachte. Vor uns auf einer Lichtung zwischen den Bäumen sichtete ich Fackeln. Dort umgab ein Kreis von Kriegern eine Gruppe von Mädchen und jungen Frauen in weißen Gewändern. Die Mädchen und Frauen kannte ich aus dem Waisenhaus des Klosters.

Der Krieger, der mich trug, stellte mich schwungvoll auf den Boden. Ich wollte von ihm wegtaumeln, aber er hielt mich am Arm fest, um mich einerseits zu stützen und andererseits in seiner Nähe zu behalten.

Die Gruppe der Waisen bemerkte mich und drehte sich mir schluchzend zu. Ich zog in ihre Richtung, kämpfte gegen den Griff des Kriegers an. Er hielt mich fester, doch als ich mich den Mädchen entgegenstreckte, ließ er mich los.

Die Waisen umringten mich zitternd und weinend. Einige Krieger bildeten einen losen Kreis um uns. Andere eilten davon und kehrten zurück, liefen zum Kloster, um weitere Waisen zu holen und unsere Zahl zu mehren.

»Na, na«, murmelte ich. Meine Kehle war trocken, aber ich schnappte mir entschlossen eines der jüngeren Mädchen und zog die Kleine dicht zu mir. »Es wird alles gut.«

»Was passiert mit uns?«, rief eine andere junge Frau namens Wiese. Ein riesiger Wolf streifte sie, und sie wankte kreischend von ihm weg. Die anderen Mädchen stimmten in ihren Schrei ein.

»Ich weiß es nicht.« Ich schluckte meine Angst hinunter.

»Sei jetzt still, beruhig dich. Hier, kümmere dich um die Jüngeren.«

Tränen liefen Wiese übers Gesicht, aber sie drehte sich um und gehorchte, zog zwei der Kleineren an sich.

Ich verlagerte das Mädchen, das ich hielt, auf die andere Hüfte. Die Kleine vergrub das Gesicht an meinem Hals. »Schhh«, machte ich zu ihr. Klee, so hieß sie. Ein weiteres Waisenkind, von den Nonnen so benannt. Sie war als Säugling zu uns gekommen, und ich war die einzige Mutter, die sie je gekannt hatte.

Der Krieger, der mich getragen hatte, trieb sich hinter meinem Rücken herum. Ich drehte den Kopf und schleuderte ihm einen finsteren Blick zu.

»Was habt ihr mit uns vor?«

Einen Moment lang starrte er mich an, bevor er sprach. Die Wirbel und Kringel seiner Tätowierungen erstreckten sich über seinen Hals hinauf, und ich ertappte mich bei der Frage, warum ein Mann seine Haut so kennzeichnete. »Es ist alles gut«, behauptete er schließlich. »Ihr habt nichts zu befürchten.«

»Nein, natürlich nicht«, spie ich ihm verbittert entgegen. »Ihr greift uns mitten in der Nacht an und schleift uns aus unseren Betten. Warum sollten wir uns da fürchten?«

Er blinzelte. Dann breitete sich langsam ein Grinsen in seinen Zügen aus. Es ließ mein Herz schneller schlagen, und ich wich zurück. Seine Belustigung und meine Reaktion darauf beunruhigten mich mehr als die ganze wilde Nacht.

»Du hast keine Angst vor mir.«

Ich verkniff mir meine Erwiderung. Ich hatte sehr wohl Angst, oder?

Der Krieger legte den Kopf schief und musterte mich. »Du trägst keine Stiefel.«

Ich blickte hinab auf meine nackten Füße. »Natürlich trage ich keine Stiefel«, gab ich verärgert zurück.

Der Krieger öffnete den Mund, um etwas zu erwidern, doch der Langhaarige stupste ihn. »Wir gehen.«

»Wir gehen?«, fragte ich in scharfem Ton. »Wohin?«

Aber der tätowierte Krieger klemmte nur die große Pranke um meinen Oberarm und zog mich mit sich.

DANN FOLGTEN TAGE DER HÖLLE, als die Krieger uns zu ihrem Berg marschieren ließen. Die Berserker gebärdeten sich dabei nicht unfreundlich, aber die tagelangen Wanderungen laugten mich bis auf die Knochen aus. Meist lief ich in der Mitte einer zerlumpten Gruppe von Waisenmädchen. Wiese half mir, die Kleineren zu beruhigen und ihnen die Tränen abzuwischen. Manchmal wurden die Jüngsten so müde vom Marschieren, dass die Krieger sie trugen.

»Wer sind die?«, flüsterte Wiese mir eines Nachts zu, als wir uns für ein paar Stunden Ruhe am Feuer hingelegt hatten. Meine Waden schmerzten, meine Füße spürte ich nicht mehr. Ich hatte das Kloster nur in einem Untergewand verlassen. Meile um Meile war ich barfuß marschiert.

»Sie sind Krieger. Nordmänner.« So viel hatte ich mir aus den Erzählungen zusammengereimt, die ich gehört hatte, über große, hellhäutige Männer, die mit Äxten kämpften und mit Drachenkopfschiffen segelten. Sie galten als furchtlos und hinterließen Blutbäder auf ihrem Weg. Diese Krieger konnte ich mir mühelos als jene gefürchtete Horde vorstellen. »Sie haben als Söldner gedient und sich in den Bergen niedergelassen.«

»Haben sie dir das erzählt?« In Wieses Stimme schwang Ehrfurcht mit.

»Nein.« Ich hätte fragen können. Zwei der Krieger befanden sich oft an meiner Seite. Aus ihren Unterhaltungen mit anderen Kriegern hatte ich den Namen des Tätowierten erfahren – Jarl. Der Große, der mir wie ein Schatten folgte, hieß Fenrir. Wann immer sie sich in der Nähe aufhielten, prickelte meine Haut. Aber ich ignorierte sie, so gut ich konnte.

Wiese kaute auf der Unterlippe, den Blick auf die um das Feuer sitzenden Krieger gerichtet. Hin und wieder ging einer weg, und wenig später kam ein Wolf aus dem Wald. Mich schauderte beim Gedanken, was das bedeuten könnte.

»Aber warum wollen sie uns?«, fragte Wiese schließlich.

»Ich weiß es nicht.« Tief in meinem Innersten jedoch wusste ich es sehr wohl. Aber an solche Dinge sollte eine Nonne nicht denken, erst recht keine so junge wie ich.

Ohne ein weiteres Wort rollte ich mich von Wiese weg und schlief ein.

Als ich in der Morgendämmerung erwachte, entdeckte ich neben meinem Kopf ein neues Paar Stiefel und einen dicken Umhang. Beides schöner als alles, was ich je besessen hatte.

Als ich hineinschlüpfte, passte beides wie angegossen. Und als ich aufschaute, beobachtete Jarl mich von der anderen Seite des Feuers.

Rasch wandte ich mich ab. Und weder er noch Fenrir erwähnten mir gegenüber etwas, obwohl ich wusste, dass sie für die Geschenke verantwortlich zeichneten. Für den Rest der Reise weigerte ich mich, mit ihnen zu sprechen oder sie auch nur anzusehen. Ich würde ihnen weder danken, noch würde ich an sie denken oder zur Kenntnis nehmen, was ihre Geschenke bedeuten könnten.

JULIET

»**I**ch habe die Krieger reden gehört. Lorbeer ist in anderen Umständen.« Wiese lümmelte neben meinem Bett und kaute auf der Unterlippe.

»Schön für sie.« Ich schwang mich auf den Boden und zuckte angesichts der Kälte zusammen. In den Bergen setzte der Herbst früh ein. Ich griff mir meinen Umhang – den mir Jarl und Fenrir geschenkt hatten – und warf ihn mir über die Schultern. Er war dunkelblau und mit Kaninchenfell gefüttert. Schwer und warm genug, um ihn den Winter hindurch zu tragen.

Mehrere Monde waren vergangen, seit die Berserker uns aus unserem Zuhause entführt hatten. Die Waisenkinder und ich lebten in einer Hütte hoch oben in den Gipfeln. Wald und Wiesen umgaben uns.

»Ich möchte sie besuchen. Vielleicht kann ich ja bei ihr bleiben, während sie das Kind austrägt«, meinte Wiese und drehte dabei eine Strähne ihres Haars.

»Vielleicht. Ich kann unsere Bewacher fragen.« Es waren immer mehrere in der Nähe unserer Hütte postiert. Nicht nur, um andere fernzuhalten, sondern auch, damit wir drinnen blieben.

»Sie wollen nicht mehr, dass wir weit umherstreunen«, sagte Rosalind von ihrem Platz an der Feuerstelle. Auf dem Boden spielte ihre Schwester Espe mit den Mädchen ihres Alters – Veilchen, Heide, Wacholder und Klee. »Sie sagen, es wäre zu gefährlich.« Sie schnaubte. »Wenn diese Krieger so stark sind, warum töten sie den Totenkönig dann nicht ein für alle Mal?«

In der gegenüberliegenden Ecke schnappte Farn nach Luft. Ich sah sie fragend an, aber sie hatte sich zusammengerollt, und ihr rotes Haar verdeckte ihr Gesicht.

»Wir sollten nicht über ihn sprechen«, warnte Wiese flüsternd.

»Über wen? Den Totenkönig?« Rosalind warf das lange blonde Haar zurück. »Ich fürchte mich nicht.«

Wiese versteifte den Körper.

»Es ist keine Sünde, sich zu fürchten«, sagte ich sanft. Ich legte Wiese die Hand auf die Schulter, und sie entspannte sich.

»Ist das der Grund, warum du bei Vollmond draußen kauerst?«, murmelte Rosalind leise.

Diesmal versteifte ich den Körper. Ich öffnete den Mund, um es zu leugnen, aber meine Lippen waren wie erstarrt.

»Rosalind«, murmelte Farn, und das blonde Mädchen schloss die Augen. »Entschuldigung. Juliet, das wollte ich nicht.«

Aber was geschehen war, war geschehen. Was gesagt war, war gesagt. Mein Geheimnis war gelüftet. Vielleicht war es nie ein Geheimnis gewesen.

Ich erhob mich und strich mein Kleid so würdevoll glatt, wie ich konnte. Sowohl Rosalind als auch Farn beobachteten mich, die eine misstrauisch, die andere traurig. Beide hatten Mitleid mit mir.

»Ich gehe Wasser holen«, teilte ich ihr mit. »Bitte pass auf die Kleineren auf. Wenn sie nach draußen wollen, lass sie nicht herumstreunen.«

»Brauchst du Hilfe?« Wiese sprang auf und strich ihr Haar zurück. Sie wollte ständig die Sicherheit der Hütte verlassen. Nicht, um Hausarbeiten zu erledigen oder mir Gesellschaft zu leisten, sondern um die Aufmerksamkeit eines Kriegers zu erregen. Ich erwischte sie oft dabei, wie sie sich draußen in der Nähe des Postens unserer Wachen herausputzte. Noch war sie zu scheu, um offen zu schäkern, aber es war nur eine Frage der Zeit, bis es so weit wäre.

Ich verkniff mir eine scharfe Erwiderung. »Nein, ich möchte allein sein.«

Ihre Züge fielen in sich zusammen, und ich entschärfte meinen Tonfall mit einem Lächeln. »Wenn ich zurückkomme, gehen wir alle Wildblumen pflücken. Kümmere dich darum, dass sich die Kleinen anziehen und in ihre Schuhe schlüpfen.«

Ich fegte an Rosalind vorbei.

»Es tut mir leid«, entschuldigte sie sich erneut, als ich sie passierte. Kurz legte ich ihr die Hand auf die Schulter, um sie zu trösten, doch im Gegensatz zu Wiese entspannte sie sich nicht. So war Rosalind. Sie strahlte immer etwas Sprödes aus. Als bestünde ihr wunderschönes Gesicht aus Ton – lieblich, aber eine falsche Bewegung konnte sie zerbrechen.

Ich nahm der jungen Frau ihre Launen nicht übel. Im Grund empfand ich dasselbe wie sie – Besorgnis, Furcht, Misstrauen gegenüber unseren Entführern. Erleichterung darüber, dass wir es warm hatten und es uns nicht an Essen mangelte. Und noch tiefer saß ein Unbehagen, eine Erwartung, die mir sagte, dass es nur eine Frage der Zeit war, bis die Berserker einen neuen Anlauf bei mir unternehmen würden.

Als ich die Hütte verließ, fiel die Spannung von meinen Schultern ab, als hätte ich einen schweren Mantel abgestreift. Ich war in der Nacht mehrmals durch Efeu und Klee aufgewacht, die unruhig geschlafen hatten. Auch Farn plagten oft Alpträume. Wir waren alle noch dabei, uns in unserem neuen Zuhause einzuleben.

Ich ergriff die Eimer und steuerte auf den Weg zu, der zum Bach führte. Die Lichtung um die Hütte herum lag verwaist da, und der Wald wirkte still, doch ich wusste es besser. In meinem Nacken kribbelte das Gespür, das mich immer dann überkam, wenn sich zwei bestimmte Krieger in der Nähe aufhielten.

Ich hatte noch keine fünf Schritte zurückgelegt, als eine große Gestalt hinter einem Baum hervorkam. Mir stockte der Atem, aber ich ließ nicht zu, dass meine Füße ins Zögern gerieten, als sich der Krieger namens Jarl an meine Seite gesellte.

»Eheweibchen.« Er reihte sich neben mir ein.

Ich versteifte den Körper, sah ihn aber nicht an. Mein Magen zog sich zusammen und kribbelte, als tummelten sich rege Fischlein darin. Wäre es mir möglich gewesen, ich wäre zurück in die Hütte gehuscht und hätte mich versteckt. Stattdessen straffte ich die Schultern. Ich hatte bisher nie vor den Kriegern gekuscht und würde es auch nie tun.

Nach einigen weiteren Schritten löste sich eine zweite Gestalt von einem Baum. Fenrir. Natürlich. Wo immer sich Jarl aufhielt, war Fenrir nicht weit und umgekehrt.

»Schöner Morgen für einen Spaziergang«, meinte Jarl, als würde ich ihn nicht ignorieren. Ich schüttelte den Kopf, und er zwinkerte mir zu.

Ich beschleunigte die Schritte, er jedoch musste die langen Beine kaum schneller bewegen, um an meiner Seite zu bleiben. »Du trägst keinen Schleier mehr«, bemerkte Jarl.

Ich berührte mein Haar an der Stelle, wo ich früher einen Schleier getragen hatte – ein Zeichen meiner Hingabe an Gott. Bereits nach wenigen Tagen auf dem Berg hatte ich es jedoch aufgegeben. Ich war nicht länger Schwester Juliet.

Tatsächlich wusste ich nicht mehr, wer ich war.

Ohne die beiden Krieger, die darauf bestanden, mich zu begleiten, wäre es ein wunderschöner Tag gewesen. Im Kloster hatten klare Abschnitte mein Leben geregelt, gekennzeichnet von den Glockenschlägen. Gebet, Arbeit, Mahlzeiten und wieder Gebet. Manchmal wurde gefastet, manchmal wurde gefeiert, obwohl die Feiern meist im Dorf stattfanden und das Kloster nur selten berührten. Mein Leben innerhalb der Steinmauern war einfach und sicher gewesen.

Nun lebte ich auf dem Berg der Berserker. Hier gab es keine Glocken, die das Verstreichen der Stunden anzeigten. Nur Grillen und Vogelgezwitscher. Keine ordentlich gepflegten Gärten. Nur Wildblumen und mächtige Kiefernbäume. Keine Regeln, keine Gebete, keinen Schleier für mein Haar. Nur eine atemberaubende Aussicht von den Höhen, und darüber weiter, ununterbrochener Himmel.

Aber wenn Gott die Welt erschaffen hatte, dann hatte er auch dieses Land erschaffen. Der Mensch versuchte, die Welt zu verkleinern. Menschen bauten Klöster und banden die Stunden des Tags an Glocken. Menschen schrieben mir vor, wann ich aufstehen, was ich essen, wie ich arbeiten und mich kleiden sollte.

Wie viele der Regeln, die ich befolgte, wurden nicht von Gott, sondern von Menschen gemacht?

»Du bist aufgebracht«, meinte Jarl.

Ich glättete die Stirn und schüttelte den Kopf.

Als ich den Bach erreichte, fragte mich Jarl nicht, er nahm mir den Eimer einfach aus der Hand und füllte ihn aus der Strömung. Fenrir kam herbei und nahm mir den anderen ab. Ich stand verlegen am Ufer und konnte sie nicht länger ignorieren.

Sie waren groß wie Felsblöcke, diese Krieger. Fenrir trug das schwarze Haar offen. Es fiel ihm gerade auf den Rücken, so lang, dass es ins Wasser ragte. Jarl hatte sich das Haar mit einem Riemen zurückgebunden. Beide trugen Lederhosen. Fenrirs Brust war unter seinem Fellumhang nackt, Jarl hatte ein ärmelloses Wams an. Heidnische Symbole überzogen Jarls Arme.

Ich griff nach dem Wassereimer, als er zurückkam, aber er schüttelte den Kopf. Hölzern wirbelte ich herum und trat den Rückweg zur Hütte an. Wäre ich allein gewesen, hätte ich mir dabei Zeit gelassen, aber ich verspürte keine Lust, länger als nötig mit diesen Männern zusammen zu sein.

Allerdings hatte ich Wiese versprochen, dass ich sie fragen würde, ob wir Lorbeer besuchen könnten. »Ich habe gehört, dass eine der *Holzmouwas* in anderen Umständen ist.« Damit benutzte ich den von den Kriegern bevorzugten Begriff. Eine *Holzmouwa* war eine Frau, die sich mit einem Berserker paaren konnte. »Dürfen wir sie besuchen?«

»Welche?«, erwiderte Jarl, und meine Schritte verlangsamten sich.

»Es ist mehr als eine in anderen Umständen?« Lorbeer, Hasel, Weide und Salbei waren alle mit Kriegern häuslich geworden. Sie waren aus dem Kloster entführt worden, schienen aber glücklich zu sein. Alle bis auf Hasel waren nicht nur mit einem, sondern mit zwei Kriegern gepaart. Ich konnte mir nicht vorstellen, wie das möglich war.

Ich *sollte* mir nicht vorstellen, wie das möglich war. Aber nach mehreren Monden mit Jarl und Fenrir ständig in der Nähe *hatte* ich es mir vorgestellt.

Gott, vergib mir.

Jarl grinste, als könnte er meine Gedanken lesen. »Ja. Im Frühling werden wir eine neue Schar von Kindern haben.«

Fenrir meldete sich zu Wort. »In vier Nächten soll ein Fest stattfinden. Um das zu feiern.«

Ich verbarg ein Seufzen. »Vielleicht könnten wir hingehen und bei den Vorbereitungen helfen.« Wiese und die anderen wären außer sich vor Freude. Nur Rosalind hasste es, die Hütte zu verlassen, und würde tagelang schmollen.

»Das lässt sich einrichten«, sagte Jarl.

»Juliet.« Fenrir bewegte sich mit fließenden Bewegungen und gerunzelter Stirn an meine Seite. »Wo sind deine Stiefel?«

»Ich habe sie einem anderen Mädchen gegeben.« Alle waren gewachsen, seit wir auf den Berg der Berserker gekommen waren. Hier bekamen wir jeden Tag etwas zu essen, und oft war es Fleisch. Daraus konnte ich den Kriegern keinen Vorwurf machen. Die Augen der beiden Kleinen, Klee und Espe, leuchteten geradezu, und ihre Wangen schimmerten rosig. Wacholder war in weniger als zwei Monden eine Handspanne gewachsen. Ihr hatte ich meine Stiefel geschenkt.

Jarl gab einen missbilligenden Laut von sich. »Wir besorgen euch, was ihr braucht. Ihr müsst nur danach fragen.«

»Ich käme nicht im Traum auf den Gedanken, euch mit einer solchen Bitte zu belästigen. Bestimmt habt ihr Wichtigeres zu tun.«

»Es gibt nichts Wichtigeres, als sich um euch zu kümmern.«

Jarl trat auf dem Weg vor mich hin. Ich blieb stehen, um nicht mit ihm zusammenzustoßen. Zu meiner Überraschung kniete er sich hin und stellte den Eimer ab. Seine Hand schloss sich um mein Fußgelenk und zog daran. Ich geriet aus dem Gleichgewicht und wäre auf dem Hintern gelandet, hätte Fenrir mich nicht aufgefangen.

»Was soll das werden?«, entfuhr es mir schrill.

Jarl runzelte die Stirn, als er meine Füße untersuchte. »Du musst deine Stiefel tragen. Wir haben nicht mehr Sommer.«

»Rühr mich nicht an«, fauchte ich.

»Du kümmerst dich so sehr um andere, Juliet. Aber wer wird sich um dich kümmern?«

Er ließ mich los, und Fenrir half mir auf die Beine. Ich entfernte mich von ihm und umklammerte meinen Umhang, als könnte er mich schützen.

»Beruhig dich.« Jarl besaß tatsächlich die Dreistigkeit, leise zu lachen. Ich ballte die Hand zur Faust, um ihn nicht zu schlagen. »Ihr habt nichts zu befürchten.«

»Ach nein?« Knurrend stapfte ich auf ihn zu. »Dann sag mir, wozu haltet ihr uns hier fest? Warum habt ihr uns auf diesen Berg gebracht?« Natürlich kannte ich die Antwort, aber in jenem Augenblick quoll all der Zorn aus mir hervor, der sich seit jener Nacht im Kloster in mir aufgestaut hatte.

»Wir suchen Frauen, die unseren Berserker-Fluch brechen können. Das weißt du. Ohne Gefährtin verlieren wir den Verstand.«

»Und wenn wir nicht eure Gefährtinnen werden wollen?«

Jarl legte den Kopf schief. Sein Blick wanderte über meinen Körper auf und ab, und mich durchströmte unerwünschte Hitze. »Gib uns eine Chance, Eheweibchen. Im Handumdrehen werdet ihr alle willig sein.«

Ich schöpfte aus meiner Wut und nutzte sie als Panzerung.

»Ihr seid in unser Zuhause eingedrungen und habt uns als eure Bräute entführt«, herrschte ich ihn an. »Einige dieser Mädchen sind erst acht oder neun Sommer alt. Ihr würdet sie also mit Kriegern vereinen, die dreimal so alt sind wie sie?«

»Es gibt viele Orte, an denen das Brauch ist«, gab er tadelnd zurück, und ich errötete. Ich wusste, dass es stimmte. Obwohl ich mein gesamtes Leben im Kloster verbracht hatte, wusste ich, wie es auf der Welt zuging.

»Sie sind noch so jung.«

»Keine Angst, Juliet. Die Jungen sind völlig sicher. Das bist du auch.«

Er kam näher. Wenn ich gewollt hätte, ich hätte die Hand ausstrecken und ihn berühren können. Hätte die Linien seiner Tätowierungen auf seinen Armen nachfahren und herausfinden können, wie viel Haut sie bedeckten.

Stattdessen klemmte ich mir die Hände unter die Arme. Ich hatte gelobt, keusch und rein zu bleiben. Warum, oh warum nur sehnten sich meine Hände so danach, ihn zu berühren?

»Wir warten, bis eine *Holzmouwa* brünstig ist«, erklärte Fenrir. »Dann wird es den Kriegern erlaubt, sie zu umwerben.«

»Brünstig?« Ich rümpfte die Nase, war mir nicht sicher, was er damit meinte.

Jarl grinste und wollte antworten, doch Fenrir kam ihm zuvor. »Die Brunst setzt ein, wenn die *Holzmouwa* paarungsbereit ist.«

»Und wenn eine *Holzmouwa* nie dazu bereit ist?«, fragte ich schnell.

»Dann muss sie sich nicht fürchten.« Fenrir zuckte mit

den Schultern. »Kein Krieger wird eine *Holzmouwa* ohne Erlaubnis berühren. Bei einem Verstoß dagegen droht die Todesstrafe. So haben es die Alphas verfügt.«

Ich blinzelte, und mein Zorn floss jäh aus mir ab. »Nun, dann ist es ja gut.« Die *Holzmouwas* hatten mir das schon erzählt, aber ich hatte an ihren Worten gezweifelt. Dass Jarl und Fenrir die Anweisung der Alphas bestätigten, beruhigte mich.

»Ist das alles, worüber du klagen möchtest, Eheweib-chen?« Jarls Augen funkelten. »Oder willst du weiter streiten?«

»Warum nennst du mich Eheweib? Das bin ich nicht und werde ich nie sein.«

»Nein?« Ein goldenes Leuchten flammte in Jarls Augen auf. Er hob den Kopf und schnupperte mit einer fließenden Bewegung, die mich an ein Tier erinnerte. Wie ein Wolf auf der Jagd.

Mein Magen flatterte, und ich strich mit den Händen mein Kleid glatt.

»Ich habe eine Frage«, sagte Fenrir. Er meldete sich selten zu Wort, aber wenn er es tat, gebot seine tiefe Stimme Aufmerksamkeit.

Ich drehte mich ihm zu. »Stell sie.«

Aus dem Augenwinkel bemerkte ich, wie sich Jarls Kieferpartie anspannte. Es bereitete mir ein abartiges Vergnügen, ihn zugunsten des größeren Kriegers zu ignorieren.

Fenrir setzte sich auf einen Stein, damit er mich nicht mehr so überragte. »Warum haben so viele der Waisenmäd-chen Namen von Bäumen und Blumen?«

Endlich eine einfache Frage. »Einige sind als Säuglinge ins Kloster gekommen, ohne Namen. Die Nonnen haben sie ihnen gegeben. Schwester Theresa hat die Ersten nach

Kräutern benannt, und die anderen haben das weiter-
geführt.«

Fenrir nickte mit ernster Miene, als hätte ich damit ein
großes Geheimnis gelüftet. Seine würdevolle Ausstrahlung
ermutigte mich, auf einem nahen Felsbrocken Platz zu
nehmen und es ausführlicher zu erklären. »Im Fall von
Rosalind und ihrer Schwester hatte Rosalind bereits einen
Namen, Espe aber noch nicht. Sie war zu jung.«

»Und dein Name ist Juliet«, warf Jarl ein.

»Ja.« Ich vertiefte mich darin, ein paar Blumen zu pflü-
gen, die letzten Blüten der Bergraute.

»Also hast du deine Familie gekannt«, folgerte Jarl.

»Nein. Ich war noch zu jung. Aber ich war alt genug, um
mit einem Namen abgegeben zu werden.« Ich warf die
gelben Blumen beiseite.

»Warum hat ...«, setzte Jarl zu einer Frage an. Fenrir ließ
ihn mit einem bloßen Schütteln des dunklen Kopfs
verstummen. Mit einem gedämpften Knurren verfiel Jarl in
Schweigen.

Merkwürdigerweise fühlte es sich nicht falsch an, hier
im morgendlichen Sonnenlicht in der Gesellschaft dieser
Berserker zu sitzen. Fenrir beugte sich vor und brach ein
langstieliges Gänseblümchen ab. Er präsentierte es mir. Ich
nahm es entgegen und hob es an die Lippen, um mein
Lächeln zu verbergen. Ich spürte, wie Jarl den Körper
anspannte, kurz davor, aus der Haut zu fahren.

»Fenrir«, sagte ich. »Das bedeutet ›Wolf‹.«

Besagter »Wolf« nickte bestätigend. Ich zögerte. Diese
Krieger waren, so unmöglich es zu sein schien, zugleich
Wölfe. Und es gab noch eine dritte Form, eine monströse
Gestalt, die ich nur wenige Male und aus der Ferne im Wald
lauern gesehen hatte. Ich wollte mich nach dem Berserker-
Fluch erkundigen, konnte mich aber nicht dazu durchrin-

gen. Wäre der Ordensbruder hier, er würde diese Männer Dämonen schimpfen.

Ich sollte nicht neugierig sein. Ich sollte mich bekreuzigen und zu beten versuchen.

Stattdessen empfand ich keine Angst, weder vor Dämonen noch vor dem Fegefeuer. Nur Neugier und den Wunsch, mit den Händen durch Fenrirs langes Haar zu fahren.

»Jarls Mutter hat seinen Namen gegen den Wunsch seines Vaters ausgewählt«, verriet Fenrir. Seine Stimme klang unbeschwert, verspielt, und er ließ ein seltenes Lächeln aufblitzen. »Wenn du nett fragst, sagt er dir vielleicht, warum.«

»Warum?«, fragte ich Jarl, der Fenrir finster anstarrte. Der langhaarige Mann lachte leise.

Jarl räusperte sich. »Sie dachte, ich würde ein *Jarl* werden. Ein Graf«, übersetzte er das Wort in meine Sprache. »Ein Herr unter den Menschen.«

»Und warst du der Sohn eines Grafs?«, fragte ich verwirrt.

Jarl stieß einen Fluch aus, und Fenrir lachte unverhohlen.

»Du bist klug, kleine Mutter«, meinte Fenrir zu mir. Sein zartes Lob und sein lustvoller Blick lösten ein Schwindelgefühl in mir aus.

»Juliet«, rief eine Mädchenstimme, und diesmal fluchte ich leise. Wiese und Farn standen an der Tür der Hütte. Wiese schattete die Augen ab, hielt Ausschau nach mir. Ich sprang auf, bevor sie mich dabei sehen konnten, wie ich mit diesen Männern beisammensaß und mich mit ihnen unterhielt.

»Ich muss gehen.« Wieder griff ich nach den Eimern,

aber Fenrir kam mir zuvor. Ich wich zurück, ehe sich unsere Hände berühren konnten.

»Hast du Angst vor uns?«, fragte er und hob beide Eimer auf.

»Nein«, antwortete ich, ohne nachzudenken. Und es stimmte. Mittlerweile wusste ich, dass sie mir nicht wehtun würden. Eigentlich hatte ich es immer gewusst.

Freude leuchtete in Fenrirs Augen auf. Ich stand den Kriegern gegenüber und wischte mir die Hände am Kleid ab. Etwas zwischen uns hatte sich verändert, und ich wusste nicht, was. Oder vielleicht wollte ich es gar nicht wissen.

»Dann geh, kleine Mutter.« Fenrir reichte mir die Eimer und gab mir mit einem Nicken zu verstehen, dass ich zur Hütte zurückkehren sollte. »Sag den ungepaarten *Holzmouwas*, sie sollen sich auf ein Fest in einigen Tagen vorbereiten. Später bringen wir euch das Essen für den Tag.«

»Sehr gut. Danke. Und … nenn mich nicht so.« Damit eilte ich davon und fragte mich, ob ich mich zum Narren gemacht hatte.

FENRIR

Ich beobachtete, wie die kleine Nonne über die Felder eilte. Sie traf mit ihren Freundinnen zusammen, zwei ungepaarten *Holzmouwas*, beide jünger als sie. Die Frauen umarmten sie und kehrten in die Hütte zurück.

»Sie wird brünstig«, murmelte Jarl. »Sie hofft, es zu verbergen. Aber ich habe den Geruch aufgeschnappt.«

»Sie kann es nicht vor uns verstecken.«

Unten an der Hütte strömte eine Schar junger Mädchen heraus, angeführt von einer jungen Frau. Eine der Kleinen balancierte Juliet auf der Hüfte. Sie schaute nicht zu uns, als sie die Mädchen in die andere Richtung über eine vor Blumen strotzende Wiese führte.

Ich ging in die Hocke und berührte die Blumen, die Juliet gepflückt und weggeworfen hatte. »Sie wird sich wehren, Bruder«, sagte ich.

Jarl verzog die Lippen. »Das lässt sich leicht überwinden.«

»Und was ist mit dem Erlass der Alphas?«

»Was soll damit sein?« Er zuckte mit den Schultern. »Die Alphas sagen, was sie müssen. Aber als sie selbst eine *Holz-*

mouwa gefunden haben, die sie wollten, haben sie nicht gezögert, Anspruch auf sie zu erheben.«

»Nicht die Alphas bereiten mir Kopfzerbrechen. Aber ihre Gefährtinnen beschützen die ungepaarten *Holzmouwas*, vor allem die jüngeren.«

»Juliet ist nicht mehr so jung. Sie ist alt genug, um ihre Begierden zu fühlen.«

»Und sie abzulehnen.«

Jarl schaute zum Himmel. »In vier Nächten, beim Fest. Dann haben wir Vollmond, und sie wird brünstig sein. Und wir können kundtun, was wir begehren.«

Ich ließ die brüchigen Blütenblätter durch meine Finger rieseln und zu Boden fallen. »Juliet ist klug. Sie weiß, was wir begehren. Und sie begehrt dasselbe. Die Frage ist nur: Wird sie es zulassen?«

JULIET

Vier Nächte später versammelten wir uns alle auf der anderen Seite des Bergs zum Fest. Als die Nacht über die Felder kroch, schwebte der Vollmond tief am Himmel, groß und rund und golden.

»Erntemond«, sagte Salbei auf dem Weg von Lorbeers großer Feuerstelle zum mächtigen Lagerfeuer unten am Hang.

»Jägermond«, stellte Hasel richtig und brachte einen Teller mit glänzendem, geflochtenem Brot zu einem grob gezimmerten Brett, das als Tisch diente.

»Honigmond«, sagte Lorbeer unbedacht und errötete, als ihre Freundinnen kicherten. Ihre Figur war so üppig wie eh und je, und ihr Bauch begann allmählich, sich unter den vollen Brüsten zu wölben.

Ich lächelte sie und die anderen an. Ich war älter als die vier, doch wir waren zusammen im Waisenhaus aufgewachsen. Sie waren die einzigen Schwestern, die ich kannte. »Ich habe gehört, dass wir nach dem Winter mehr als ein Kind erwarten. Lorbeer ist die eine, aber wer ist die andere?«

Salbei, Hasel und Weide legten alle gleichzeitig die Hände auf die flachen Bäuche. Dann wurden ihre Augen groß, als sie sich gegenseitig ansahen.

»Du, Hasel?«, entfuhr es Weide. Im selben Moment kam von Salbei: »Du auch, Weide?«

»Und Salbei«, fügte Hasel hinzu. Die drei jungen Frauen brachen in ein freudiges Quieken aus und begannen, sich gegenseitig zu umarmen.

»Oh. Ach du meine Güte.« Dicke Tränen kullerten über Lorbeers Gesicht, obwohl sich ihre Lippen zu einem Lächeln verzogen. »Ich bin wirklich glücklich«, winkte sie ab, als wir sie trösten wollten.

Ich atmete so scharf ein, dass es mir in der Brust brannte. »Herzlichen Glückwunsch.« Ich beschäftigte mich damit, die Teller zu ordnen, um Platz für das Fleisch zu schaffen. Die Berserker zogen es vor, draußen am Feuer zu essen. Tatsächlich bestand der Hauptquell ihres Vergnügens darin, das Lagerfeuer so hoch wie möglich emporzüngeln zu lassen. Zweimal musste ich die jüngeren Mädchen von den lodernden Flammen zurückscheuchen. Ich hatte Decken mitgebracht und im Gras ausgebreitet, damit wir alle darauf sitzen konnten. Wiese, Engelwurz und Farn waren mittlerweile da und hielten die Kleinen davon ab, im Weg herumzulaufen.

Lorbeer weinte immer noch. Ein riesiger Krieger, dessen eine Gesichtshälfte aus einer Masse von Narben bestand, trat hinter sie. Er bückte sich, flüsterte ihr ins Ohr und zog sie an sich. Sie seufzte und legte ihm die Hand an den Hals, als sie sich an ihn zurücklehnte. Die beiden gaben ein bezauberndes Bild ab, der riesige Krieger, der seine kurvige, schwangere Braut wiegte.

Das werde ich nie haben, ging mir durch den Kopf. Als ich

mein Gelübde abgelegt hatte, war es mir leichtgefallen. Ich wollte das Kloster nicht verlassen und einen vom Ordensbruder für mich ausgesuchten Mann heiraten. Lieber wollte ich Nonne werden. Mein Leben im Schutz der Steinmauern verbringen. Dort wäre ich in Sicherheit gewesen, hätte ein Leben meiner Wahl führen können. Ich liebte Kinder, aber im Waisenhaus konnte ich ihnen helfen und von ihnen umgeben sein, ohne eigene zu bekommen.

Das Einzige, worauf ich wirklich verzichten musste, war ein künftiger Ehemann, und das empfand ich als leicht. Wozu brauchte ich schon einen Mann? Und wenn ich an manchen Abenden sehnsüchtig vor Einsamkeit zu Bett ging, nun, dann musste ich mich wenigstens nicht irgendeinem Mann hingeben. Nur Gott. Meine Begierden konnte ich bezwingen.

Allerdings hatte all das gegolten, bevor ich die Berserker kennengelernt hatte.

Ich wurde mit dem Essen fertig und schlenderte zurück zu meiner eigenen Gruppe. Zu den ungepaarten *Holzmouwas,* wie die Berserker uns nannten. Aber selbst zu ihnen gehörte ich nicht wirklich.

»Juliet.« Wiese winkte mir zu und machte auf der Decke Platz, damit ich mich setzen konnte. Die Sonne ging unter, trotzdem herrschte noch genug Licht für Spiele. Eine Gruppe von Kriegern vergnügte sich mit irgendeinem gewalttätigen Spiel, bei dem sie flink umherliefen und versuchten, einen ledergebundenen Ball zu fangen. Natürlich spielten die Berserker halb nackt. Nur mit einem Lederschurz um die Lenden.

Einige der Männer hatten nicht einmal das.

Wieses Augen waren riesig. Ich widerstand dem Drang, sie ihr zuzuhalten. Stattdessen rieb ich mir die eigenen.

Schlaflose Nächte und der Rauch des riesigen Lagerfeuers bereiteten mir Kopfschmerzen.

Aber es lag an mehr. Ich spürte, wie sich tief in meinem Bauch etwas zusammenbraute. Die Lust, die in mir aufstieg. Sie war schon öfter über mich gekommen, aber an diesem Abend schlimmer als je zuvor.

Salbei und Weide nannten es *das Fieber*. Sie und viele unserer Schwestern hatten es bereits erlebt. Ihren Schilderungen zufolge sprach die Brunst die Berserker an. Sie zeugte von Frauen, die ihren Fluch brechen konnten.

Und nun hatte sie mich befallen.

Die Brunst setzt ein, wenn die Holzmouwa *paarungsbereit ist.* Das hatte Fenrir zu mir gesagt. Ich legte eine Hand auf meinen Bauch und kaute auf der Unterlippe.

Vielleicht war ich eine *Holzmouwa*. Oder vielleicht war ich nur verrucht und dazu bestimmt, zu brennen. Diese Krankheit glich der Hitze des Höllenfeuers und mahnte mich, jeglicher Sünde abzuschwören.

Ein halbnackter Krieger schlenderte an mir vorbei, und Wiese schnappte nach Luft. Auf dem Zipfel der Decke verbarg Farn den Kopf an den Knien, lugte aber von Zeit zu Zeit hervor.

Rosalind kauerte auf einem Felsblock einige Schritte von uns entfernt. Sie saß aufrecht und steif. Das honiggoldene Haar wallte hinter ihr wie eine Fahne. Die Hälfte der Krieger glotzte sie unverhohlen an. Einige versuchten sogar, ihre Aufmerksamkeit zu erlangen. Aber sie starrte ins Leere und weigerte sich stolz wie eine Prinzessin, Notiz von ihren Entführern zu nehmen.

»Schau.« Wiese stupste mich. »Die Alphas sind hier.«

Und das waren sie tatsächlich. Sie nahmen ihren Platz auf mehreren Steinblöcken in der Nähe des Feuers ein. Ihre Frauen begleiteten sie, darunter Brenna von den Berser-

kern, dunkelhaarig und bezaubernd in einem weißen Fellgewand, dessen Saum über das Gras schleifte. Sabine vom
Tieflandrudel, groß und von zwei Kriegern flankiert – einer
wies mehr Tätowierungen auf als Jarl. Muriel und ihr
bulliger Gefährte mit dem narbigen Gesicht. Eine vierte
schlanke, hellhaarige Frau mit einem Stab, der über ihren
Kopf aufragte. Als sie inmitten einer engen Dreiergruppe
von Kriegern an uns vorbeiging, bemerkte ich, dass Runen
in den Holzstab geschnitzt waren, dessen Spitze eine Adler-
feder zierte.

Die Alphas ließen sich nieder, und das Festmahl
begann. Als die Krieger das Wild aufschnitten, ertappte ich
mich dabei, nach zwei bestimmten Berserkern Ausschau zu
halten. Aber Jarl und Fenrir befanden sich nicht unter
ihnen.

Als der Mond aufging, hatten wir uns von dem Fleisch
sattgegessen und breiteten uns halb auf der Decke, halb im
Gras aus. Die Jüngeren dösten ein. Ich hatte meinen
Umhang abgelegt und zu einem Kissen für Espe, Efeu und
Klee zusammengebauscht.

Unten am Feuer aßen und tranken die Alphas nach wie
vor. Ein paar Berserker rollten riesige Fässer mit Met heran.
Als das Erste geöffnet wurde, ergoss sich die honigfarbene
Flüssigkeit auf den Boden, und die Krieger stimmten
Jubel an.

Da erblickte ich ihn inmitten seines Berserker-Rudels.
Fenrir stand in der Nähe der Fässer und nippte aus einem
Becher. Gleich darauf gesellte sich Jarl zu ihm.

Ich wusste, dass ich nicht hinstarren sollte, aber ich
konnte nicht anders. Sie beugten sich einander zu. Dann
hob Fenrir jäh den Kopf, als hätte er plötzlich etwas gewittert. Bevor ich wegschauen konnte, drehte er sich um und
sah mich geradewegs an.

Ich wetzte auf meinem Sitzplatz hin und her. Auch Jarl schaute zu mir herauf. Sein übliches Grinsen breitete sich über sein Gesicht aus, als er sein Horn voll Met erhob und mir zuprostete.

Ich wandte den Blick ab. Ich konnte mir nicht erklären, warum ich überhaupt Ausschau nach ihnen gehalten hatte. Sie bedeuteten mir nichts. Das musste ich mir vor Augen halten.

Die Nacht war angebrochen. Das Lagerfeuer war angewachsen, wurde mittlerweile von ganzen Bäumen genährt. Ein einziger Berserker konnte in Windeseile einen Baum fällen und ohne Hilfe tragen. Es schien ein Wettstreit unter ihnen zu sein, der nur dem Vergleich dabei nachstand, wer allein ein gesamtes Fass Met trinken konnte.

Seufzend zog ich die Knie an die Brust. Bald würde unsere Kriegergarde kommen und uns zurück zu unseren Betten begleiten. Vorerst jedoch konnten wir in Ruhe dasitzen und das wilde Treiben beobachten. Es war eine willkommene Abwechslung zu der stickigen Hütte.

Dann setzten Trommelschläge ein. Zuerst hallten sie leise und unterschwellig über den Hang. Ich wusste nicht, woher sie stammten. Die Klänge wurden zu einem tiefen Pulsieren, das den Boden selbst von innen heraus zu erschüttern schien. Wie der Herzschlag der Erde.

Eine Gruppe von Gestalten mit Umhängen kam den Hügel herauf in Richtung unserer Versammlung. Als sie in den hellen Schein des Feuers gerieten, schoben sie die Kapuzen zurück. Bei den meisten handelte es sich um Frauen, die ich jedoch nicht kannte. Einige wirkten alt und liefen krumm, andere hatten glatte, alterslose Gesichter. Eine großgewachsene Frau trug auf dem ausgestreckten Arm eine riesige Schneeeule.

Mir wurde klar, dass es Hexen sein mussten. Die Alphas erhoben sich im Einklang, um sie zu begrüßen.

Der Takt der Trommeln beschleunigte sich.

Die Neuankömmlinge ließen sich in einem eigenen Kreis nieder, ein Stück abseits der Alphas. Die Berserker bildeten ein größeres Rund um die Hexen und das gesamte Lagerfeuer herum. Der Schein der Flammen tänzelte und flackerte über blonde Köpfe und schimmernde Wendelringe, über Axtblätter und Schilde. Die dunklen Tätowierungen der Krieger schienen lebendig zu werden, die Symbole wanden sich auf der Haut der Krieger.

Durch die versammelten Berserker ging eine wellenförmige Bewegung. Sabine stolzierte vom Sitz der Alphas auf die Hexen zu, begleitet von ihren beiden Gefährten. Als sie den Hexenzirkel erreichte, ließ sie ihren Umhang fallen. Sie war mit Färberwaid bemalt. Blaue Symbole bedeckten ihr Gesicht und ihre nackten Arme. Sie trug ein weißes Untergewand, sonst nichts. Ihre Füße waren nackt.

Die Trommeln schlugen schneller. Die Hexe mit der Eule begrüßte Sabine und erhob die Stimme vor der Versammlung. Ich konnte durch das Dröhnen der Trommeln nichts hören. Oder vielleicht *wollte* ich es nicht hören.

Ich leckte mir die Lippen. Hinter mir schliefen die jüngeren Mädchen, eingelullt von den heidnischen Rhythmen. Rosalind stand mittlerweile. Ihr Gesicht glich einer fahlen, in Mondlicht getauchten Maske. Neben mir rollte sich Farn ein und wiegte sich leicht hin und her.

Im Kreis der Hexen begann Sabine zu tanzen. Sie verrenkte und drehte sich. Ihre nackten Füße stampften auf die Erde, ihr Körper neigte sich und wogte wie die Äste einer Weide. Dazwischen hob sie Gesicht und Arme dem Mond entgegen, und die Trommeln verstummten kurz, bevor sie umso schneller fortfuhren.

Die Rhythmen schraubten sich höher und höher, und die Berserker streckten im Einklang ihre Waffen gen Himmel. Die Hexen stimmten einen Sprechgesang an, in den die Berserker einstimmten. Sie schlugen mit den Äxten und Schwertern gegen ihre Schilde und ergänzten so den Takt der Trommeln.

Ein Krieger betrat den Kreis mit Sabine. Ragnvald, einer der Alphas, zugleich einer ihrer Gefährten. Er bewegte sich an ihre Seite. Blitzschnell streckte er die Hand aus und packte sie, dann zog er sie mit der Faust in ihrem hellen Haar zu sich. Sie hielt inne, richtete sich auf die Zehenspitzen auf, um ihm ins Gesicht zu sehen. Die Arme streckte sie mit nach außen gekehrten Handflächen von den Seiten.

Der Krieger Ragnvald hielt Sabine fest. Sein Gesicht bewegte sich über ihres, und er schnupperte an ihrem Haaransatz entlang. Sogar aus der Ferne konnte ich sehen, wie sie die Augen schloss. Sie zitterte in seinem Griff.

Langsam senkte Ragnvald den Kopf und beanspruchte ihren Mund. Sämtliche Berserker-Krieger stimmten einen Kriegsschrei an und schüttelten ihre Waffen.

Ich zuckte bei dem Lärm zusammen und sah mich um. Hasel saß neben einem riesigen Krieger mit goldenem Haar und beobachtete das Ritual. Ein Stück weiter, höher auf dem Hang, befand sich Weide zwischen zwei Kriegern, einem dunkelhaarigen und einem Rotschopf. Während ich hinsah, legte ihr der Rothaarige die Hand ans Gesicht und küsste sie.

Ich schnappte nach Luft, als ein Hitzeschwall über mich hinwegfegte. Ein Atemzug verging, dann ein weiterer, und immer noch dauerte der Kuss zwischen Weide und ihrem Gefährten an. Hinter ihnen lag Lorbeer zwischen den mit ihr gepaarten Männern. Die großen Hände der Berserker streichelten über ihr Haar und über die Erhebung ihres Busens.

Ich stand auf, als erneut Hitze durch mich schwappte. Hasel befand sich mittlerweile auf dem Schoß ihres Kriegers. Ihre zierliche, in ein Kleid gehüllte Gestalt nahm sich im Vergleich zu seinem Körper so winzig aus. Ihr hünenhafter Krieger spielte mit dem Wendelring um ihren Hals, zog sie daran näher zu sich und legte sich zurück, damit sie sich rittlings auf ihn kauern konnte.

Mit loderndem Gesicht wirbelte ich zum Wald herum. Plötzlich empfand ich es als entschieden zu heiß. Meine Nägel kratzten an meiner Brust, als könnte ich mich aus meiner Haut schälen. Mein Herzschlag dröhnte so laut wie die Trommeln.

»Juliet?« Es war Farn. In ihrer Stimme lag Besorgnis. Ich schüttelte den Kopf in ihre Richtung und versuchte, etwas zu sagen, aber die Laute der Trommeln füllten meine Ohren aus.

Sie trieben mich in den Wahnsinn. Ich befand mich nicht einmal in der Nähe des Lagerfeuers, trotzdem brannte meine Haut, als stünde ich mitten in den Flammen. Schweiß lief mir in die Augen und ließ meine Sicht verschwimmen.

Ich musste fliehen. Es musste irgendeinen Ort geben, an dem ich mich verstecken konnte.

Ich wandte mich ab und rannte auf den Wald zu. Der Boden schien unter meinen Füßen zu wanken, als ich die Baumgrenze erreichte. Ich trug neue Stiefel – Stiefel, die ich vor drei Nächten an der Hütte gefunden hatte. Zu dem Zeitpunkt hatte ich sie als willkommen empfunden, nun jedoch fühlten sie sich zu schwer an meinen Füßen an.

Ich stolperte.

»Juliet.« Fenrir trat hinter einem Baum hervor und fing

mich auf, als ich fiel. Ich hing in seinen Armen, umgeben von seinem Duft. Sein langes Haar wehte über mich. Ich schob das feine Gewirr weg, bis unsere Gesichter frei waren.

Und dann hatte ich seinen Mund auf den Lippen. Sein dunkler Bart kratzte mich im Gesicht. Seine Hände hielten meine Kieferpartie fest, drehten meinen Kopf bald hierhin, bald dahin, während seine Zunge meinen Mund eroberte. Meine Arme legten sich um seine breiten Schultern, meine Hände krallten sich in sein seidiges Haar. Unsere Körper verschmolzen miteinander. Mein sehnsüchtiger Busen streifte seine glatte Brust.

Schließlich löste er den Mund von meinem. Wir schnappten beide nach Luft. Er lehnte mich an einen Baumstamm. Mein Haar verfing sich an der rauen Rinde.

Dann stand Jarl vor mir und drängte Fenrir aus dem Weg. Er packte mich grob an den Haaren. Unwillkürlich schnappte ich scharf nach Luft. Er zog meinen Kopf zurück und presste mir einen ungestümen Kuss auf die Lippen. Anschließend bahnte sich sein Mund einen sengenden Weg meinen Hals hinab. Seine Zähne streiften meine Haut und bissen zart in mein Schlüsselbein. Er zog mich vom Baum weg, und Fenrir näherte sich wieder. Jarl benutzte mein Haar wie eine Leine und drehte mein Gesicht zu Fenrir, der mir einen weiteren zarten Kuss gab. Dann zurück zu sich selbst für einen forscheren Kuss. Hin und her, während der Mond höher in den Himmel stieg und die Trommelschläge zwischen meinen Beinen pulsierten. Gleich würden sie mich zu Boden ziehen, und wir würden uns ineinander verheddern. Es wäre so einfach.

Ich riss mich los. Jarl knurrte, aber Fenrir hielt ihn davon ab, mich zurückzuziehen. Ich stolperte ein paar Schritte vorwärts, und beide Krieger ließen mich gehen.

»Nein«, sagte ich so leise, dass es beide Männer nicht hören konnten. »Ich kann nicht.«

»Juliet«, rief Fenrir.

Mit vorgerecktem Kinn drehte ich mich ihnen zu. »Ich habe mein Leben Gott geschenkt.«

»Als Nonne. Das wissen wir.«

»Dann wisst ihr auch, dass ich keusch bin.«

»Du bist nicht keusch.« Jarl trat näher. Ich wich vor ihm zurück und hielt erst an, als ich mit dem Rücken gegen einen Baum stieß. Seine Mundwinkel wölbten sich nach oben, seine raue Hand legte sich auf meine Brust. »Du begehrst uns. Das wirst du immer.« Er lehnte sich nah zu mir, und seine Lippen streiften meinen Hals.

Ich keuchte, als wäre ich den Berg heraufgelaufen. »Ihr kennt mich überhaupt nicht.«

»Gib uns Zeit. Wir werden jeden Teil von dir kennenlernen«, flüsterte Jarl mir ins Ohr. Ich konnte das Grinsen in seiner Stimme hören.

Barsch schlug ich seine Hände weg. Jarl trat mit einem leisen Lachen zurück.

Fenrir kam mit ausgebreiteten Händen näher. »Juliet.« Mondlicht fiel auf sein Gesicht und tünchte seine gutaussehenden Züge in silbriges Licht. Verlangen durchzuckte mich.

Ich wandte das Gesicht ab.

»Juliet, sieh mich an.« Er legte die Handfläche auf meine Wange. Was sich so gut anfühlte, dass ich schauderte.

»Du darfst mich nicht berühren«, sagte ich zu ihm. »Ich habe mein Leben Gott gewidmet.«

»Welchem Gott?«, fragte Jarl.

Ich sah ihn mit gerunzelter Stirn an. »Es gibt nur einen wahren Gott.«

Jarl zuckte mit den Schultern. »Wir haben viele.« Er

lehnte sich an den Baum in meiner Nähe. »Vielleicht wirken deine Gebete deshalb nicht. Wenn ich bei einem Gott auf taube Ohren stoße, bete ich zu einem anderen.«

»Das ist Blasphemie«, flüsterte ich. Was tat ich nur, dass ich mich allein mit diesen zwei Männern herumschlug? Ich huschte an Fenrir vorbei und rief über die Schulter: »Kommt mir nicht noch einmal zu nah.«

Als ich zu meiner Gruppe zurückkehrte, zitterte ich am ganzen Leib. Farn sah mich besorgt an. Ich hob mir die schlummernde Klee auf den Schoß und richtete den Blick auf das Feuer. Als Jarl und Fenrir zu den übrigen Kriegern zurückkehrten, schenkte ich ihnen keinerlei Beachtung. Sie waren Luft für mich. Ich würde nie wieder mit ihnen sprechen. Ich würde in der Hütte bleiben und dafür beten, dass meine Brunst vorüberging.

Bestimmt würde Gott meine Gebete erhören und die Begierde aus meinem Fleisch vertreiben. Und dann würde das Fieber verschwinden.

❧

ABER DAS FIEBER VERSCHWAND NICHT. Als die Zeit verging und der Herbst dem Winter weichen musste, begann ich, den Vollmond zu fürchten. Meine Brunst verging nicht. Stattdessen wurde sie schlimmer.

Und schließlich kam die Nacht, in der ich zitternd im gefrorenen Schlamm saß. Die Berserker hatten mich beobachtet und gewartet, doch an der Stelle ging ihnen die Geduld aus.

»Das endet jetzt«, sagte Fenrir, und mein Herz schlug wie eine Kriegstrommel.

Jarl und Fenrir würden mir nicht länger erlauben, mich

ihnen zu widersetzen. Sie würden Anspruch auf mich erheben, und mein Leiden wäre vorbei.

Es würde mich nur meine Gelübde und meinen Stolz kosten.

Die Krieger drängten sich um mich, sperrten mich zwischen sich ein. Es gab kein Entkommen.

Jarl beugte mir den Kopf zu. »Heute Nacht nehmen wir dich.«

Und tief in meinem Innersten verspürte ich Erleichterung.

JARL

Die kleine Nonne schien zu schrumpfen. Sie wehrte sich nicht, abgesehen davon, dass sie versuchte, den Arm wegzuziehen. Es kostete mich nur einen Bruchteil meiner Stärke, sie festzuhalten. Sie gab auf und blinzelte mich an. Ihre blasse Haut schimmerte im Mondlicht, ihr Herzschlag pulsierte flatternd an ihrem Hals.

Ich senkte den Kopf, um ihr in die seidige Ohrmuschel zu flüstern.

»Du leidest. Und zwar schon so lange, dass du gar kein anderes Leben kennst. Aber wir können das Leiden beenden. Du weigerst dich ja, es zu tun, also übernehmen wir das. Wir werden nicht länger tatenlos zusehen.«

»Das könnt ihr nicht«, flüsterte sie zurück.

»Wir sind Berserker«, entgegnete ich höhnisch. »Wir tun, was wir wollen.«

In ihren Augen blitzte etwas, und ich richtete mich lächelnd auf. Die Juliet, die ich kannte, würde nicht vor uns kuschen. Sie würde sich wehren. Sogar verängstigt würde sie kämpfen.

Jarl, meldete sich Fenrir über die gedankliche Verbindung, die alle Berserker teilten, in meinem Kopf zu Wort. *Die Wachablösung steht kurz bevor. Wir sollten besser gehen.*

»Komm, kleine Mutter.« Ich hob sie mir in die Arme und entfernte mich von der Hütte. Fenrir folgte uns.

Julias Atmung wurde rauer. Ich legte mit gespreizten Fingern eine Hand auf ihren Rücken, um sie zu beruhigen. Gleichzeitig beschleunigte ich die Schritte. Wir rasten in den Wald. Ich drückte sie fester an mich, als ich durch ein Dickicht von Schierlingszweigen pflügte. Juliet verbarg das Gesicht an meiner Schulter. Arme kleine *Holzmouwa.*

»Was ist mit den Mädchen?«, murmelte sie.

»Die sind in Sicherheit«, versprach Fenrir. »Die *Holzmouwas* passen auf sie auf.«

»Aber ...«

»Still«, murmelte ich. »Du denkst immer nur an andere, nie an dich selbst.«

Juliet versuchte, sich mir zu entwinden. Als ich es nicht zuließ, presste sie die Lippen zusammen und schaute finster zu mir auf. Wäre ihr Blick eine Axt gewesen, hätte er mir den Kopf abgeschlagen.

Ich grinste breit. »Schon gut, kleine Mutter. Wir kümmern uns um dich.

Als ich zwischen den Bäumen hervorbrach, nahm ich Verbindung mit Fenrir auf und sprach mit ihm von Geist zu Geist. *Ihr ist kalt.*

Fenrir streifte den Fellumhang ab, den er trug. Dadurch blieb seine Brust nackt zurück, aber er war ein Berserker. Die Magie, die uns erschaffen hatte, feite uns gegen die Kälte.

Als Fenrir sich näherte, um Juliet das Fell über die Schultern zu legen, richtete sie sich auf.

»Nein.« Ihre Zähne klapperten, als sie zu sprechen versuchte. »Du wirst erfrieren.«

»Still, kleine Mutter.« Ich legte ihr die Hand auf den Hinterkopf und drückte sie behutsam zurück an meine Brust.

»Mir ist nicht kalt«, sagte Fenrir zu ihr. »Ich bin ein Berserker.«

Sie legte zwar die Stirn in Falten, wehrte sich aber nicht mehr. Wir wickelten sie in das Fell. Sie würde es brauchen, denn wir querten auf die Nordseite des Bergs. Äste und gefrorenes Gras knirschten unter meinen Füßen. Fenrir bewegte sich geräuschlos neben mir. Auch ich konnte mich leise wie ein Wolf fortbewegen, aber wir wollten eine Spur hinterlassen.

Als wir zu einem Bach gelangten, wateten wir geradewegs hinein. Ich biss die Zähne gegen die betäubende Kälte zusammen. Ein gewöhnlicher Mensch hätte sie nicht ausgehalten, aber die Magie, die uns heilte, würde Erfrierungen verhindern. Fenrir und ich kamen überein, im Bach zu laufen, um unsere Fährte zu verwischen. Das würde zwar nicht verhindern, dass die Alphas uns aufspüren konnten, aber es würde sie ein wenig verlangsamen.

Nachdem wir eine Meile im Wasser gegangen waren, erreichten wir den Felsvorsprung, an dem wir unsere Hütte gebaut hatten. Das Mondlicht schien wie ein stiller Segen auf das Dach herab. Wir befanden uns auf der anderen Seite des Bergs. Die meisten Berserker würden ihre Gefährtinnen nicht so weit von der Sicherheit des Rudels entfernen, aber wir hatten keine andere Wahl. Nicht, wenn wir Anspruch auf sie erheben wollten.

Juliet schwieg, ihre Atmung ging gleichmäßig. Einen Moment lang dachte ich, sie wäre eingeschlafen. Vielleicht würde es einfacher werden, als ich vermutet hatte.

Dann hob sie den Kopf.

Sie zitterte immer noch. Die Kälte schüttelte ihren zierlichen Körper durch.

»Wohin bringt ihr mich?«, fragte sie.

»In unser Zuhause.« Ich konnte den Stolz nicht aus meiner Stimme verbannen. Wir hatten die Hütte für unsere Gefährtin gebaut, und nun brachten wir sie nach Hause.

Sie atmete tief ein und blies die Luft als Dampfwölkchen aus. »Das ist ein Fehler. Ihr hättet mich nicht mitnehmen dürfen.«

Einige große Felsbrocken lagen auf unserem Weg. Ich wich ihnen aus und wurde wieder schneller, als wir den Anstieg zur Hütte erklommen. »Warum hast du nicht um Hilfe geschrien?«

»Ich wollte die Mädchen nicht stören. Sie haben so viel durchgemacht.«

»Jetzt sind sie in Sicherheit.«

Sie schnaubte. »In Sicherheit«, wiederholte sie abfällig.

»Sie sind in Sicherheit«, betonte ich.

»Sie unterstehen meiner Verantwortung«, sagte sie. »Ich traue den Berserkern nicht.«

»Wir beschützen sie alle. Sie sind *Holzmouwas*.«

»Bis sie alt genug sind, um Bräute zu werden?«, fragte Juliet in scharfem Ton. Mich begeisterte, dass ich sie in den Armen hielt und sie sich trotzdem nicht scheute, mit mir zu streiten.

»Sie sind *Holzmouwas*.« Ich zog sie näher. »Sollen sie etwa so unter dem Fieber leiden wie du?«

»Nein.« Mit gequältem Gesichtsausdruck biss sie sich auf die Unterlippe. Ein weiterer Schauder lief durch ihren Körper.

Fenrir reihte sich neben mir ein. Er fasste herüber, um das Fell so zurechtzurücken, dass es Juliet besser bedeckte.

Dann ergriff er ihre Hand. »Sorg dich nicht um sie. Vor ihnen liegt ihr eigener Weg. Und du hast deinen.«

»Und mein Weg führt geradewegs in eure Hütte?« Finster starrte sie Fenrir an, doch mir fiel auf, dass sie ihm nicht die Hand entzog.

Ich hievte sie mir in den Armen höher, und ihr Griff löste sich dadurch von ihm. Vielleicht tat ich es mit Absicht, vielleicht war es ein Versehen.

Der Weg verlief gekrümmt um eine weitere Geröllhalde. Statt dem Pfad zu folgen, sprang ich hoch, hielt Juliet dabei fest in den Armen. Sie japste und klammerte sich an mir fest.

»Sieh da runter«, verlangte ich von ihr. Sie tat es, spähte blinzelnd in die Dunkelheit. Ich rückte etwas näher an den Rand des von Flechten überwucherten Felsens.

Jarl, sagte Fenrir warnend meinen Namen, sprach in meinen Gedanken.

Es ist sicher. Sie muss es sehen.

Einen Moment lang starrte Juliet nur blinzelnd in die Dunkelheit. Dann versteifte sich ihr Körper, und ich wusste, was sie sah – die magische Grenze, die am Fuß des Felshangs endete. Der Rand der Barriere, die den Berg umschloss und schützte. Auf der einen Seite fegte der Wind über verschneite Felsen und Gräser. Auf der anderen Seite hatten faulige Füße den Boden zu Schlamm zertrampelt. Die monströsen *Draugr* marschierten die Grenze entlang. Vereinzelt hielten sie inne, pressten die verrottenden Kadaver gegen die magische Barriere und heulten. Der Wind wehte ihr Stöhnen weg.

»Siehst du, wovor wir euch beschützen?«, fragte ich leise. Ich wollte ihr keine Angst einjagen, aber dieser Anblick war notwendig. Sie musste es wissen.

Juliet schluckte. »Was sind sie?«

»Die Kreaturen des Totenkönigs. Er ist ein Magier aus alten Zeiten. Er sucht sich *Holzmouwas*, die er heiratet, damit er ihre Magie stehlen kann.«

Sie schüttelte den Kopf und starrte weiter auf die untote Horde.

»Davor haben wir euch gerettet. Deshalb haben wir dich aus dem Kloster geholt.«

»Jarl«, raunte Fenrir in warnendem Ton. *Du beunruhigst sie.*

Sie ist schon beunruhigt. Sie hält uns für Monster? Zeigen wir ihr, wie wahre Monster aussehen.

Ihr Zittern verstärkte sich, und ich hielt es nicht mehr aus. Ich sprang zurück hinunter auf den Pfad und setzte den Aufstieg zur Hütte mit langen Schritten fort. »Komm. Wir haben uns zu lange in der Kälte aufgehalten.«

JULIET

Im Inneren der Hütte kitzelte mich der Geruch von Säge-mehl in der Nase. Ich nieste, als Jarl mich auf die Beine stellte. Er hielt mich fest, und ich stieß mich von ihm ab, bevor ich erneut nieste. Ich wollte seine Hilfe nicht.

»Juliet«, murmelte er, ließ mich aber von ihm wegtau-meln. Ich fror nicht mehr – Fenrirs Fellumhang hatte mich gewärmt. Und wenngleich die Luft in der Hütte nicht wärmer war, so war es doch zumindest windgeschützt.

Ich drehte mich langsam im Kreis und betrachtete den Ort, an den sie mich gebracht hatten. Diese Hütte war jener der ungepaarten *Holzmouwas* nicht unähnlich.

Damit hatten sie mich bereits zweimal aus meinem Zuhause entführt. Zuerst aus dem Kloster, dann aus der Hütte, wo ich in Sicherheit sein sollte, wie man mir verspro-chen hatte. Sie hatten mir alles genommen, was ich kannte.

Mir blieben nur noch meine Gelübde, und sogar sie würden diese Männer in Fetzen reißen.

Ich ging weiter in die Hütte und war mir der zwei großen Gestalten, die mir folgten, nur allzu bewusst. Jarl und Fenrir. Die Krieger, die mich aus dem Kloster verschleppt hatten, meinem ursprünglichen Zuhause. Die mir Unterkunft geboten und mich beschützt hatten.

Ich schenkte ihnen keine Beachtung, als ich diesen neuen Ort erkundete. In der Nähe des Eingangs befand sich eine Feuergrube. Gestapeltes Brennholz und einige Fässer säumten die Wände. Im hinteren Bereich befand sich ein Gestell, auf das man Felle zum Trocknen spannen konnte.

In der Mitte der Hütte stand ein riesiges Bett. Ganze Baumstämme waren dafür gefällt worden. Felle stapelten sich darauf.

Ich streckte die Hand aus und rieb das polierte Holz, dann versenkte ich die Finger in den seidigen Fellen.

»Nehmt ihr mich heute Nacht?« Meine Stimme klang merkwürdig losgelöst. Es wäre für sie ein Leichtes, mich auszuziehen, auf das Bett zu legen und Anspruch auf mich zu erheben. Und ich wusste, dass sie es wollten.

Schlimmer noch, tief in meinem Inneren *wollte* ein Teil von mir, dass sie es taten.

Kyrie eleison. Christos eleison. Herr, erbarm dich. Christus, erbarm dich.

Sie hatten mich hergebracht, um mein Gelübde zu brechen. Wenn nicht in dieser Nacht, dann bald.

Ich wirbelte herum, drehte mich ihnen zu. Sie ragten hoch über mir auf.

Die Krieger wechselten einen Blick. Ich wusste, dass sie sich von Geist zu Geist verständigten – eine weitere Form von Hexerei, von der ich mich abkehren sollte. Aber ich war zu müde.

»Nein«, antwortete Jarl. »Nicht heute Nacht, aber bald.«

»Spricht er immer für dich?«, köderte ich Fenrir. Es war gemein von mir, auf dem schweigsamen Berserker herumzuhacken, aber vielleicht könnte ich ihn gegen Jarl aufbringen. Ich brauchte jede Waffe, die ich bekommen konnte.

»Nein«, antwortete Fenrir und verließ die Hütte.

»Wo will er hin?« Ich rieb mir die Arme unter dem Fell, das Fenrir mir gegeben hatte.

Jarl zog mich an sich und rieb meine Arme über dem Fell, rubbelte sie, bis sich Wärme ausbreitete. »Er holt mehr Holz für das Feuer. Warum stichelst du gegen ihn? Versuchst du, einen Streit anzuzetteln?«

Ich errötete. War ich so durchschaubar?

»Ihr streitet euch doch bestimmt manchmal.«

Jarl zuckte mit den Schultern. »Oft. Aber er ist seit über hundert Jahren mein Bruder.«

Ich wich zurück. »Was ist diese Magie, die euch bindet? Ist sie böse?«

»Du hast uns kämpfen gesehen.« Er hockte sich in der Mitte der Hütte hin, um in der rußigen Grube ein Feuer zu entfachen. Seine Muskeln spannten sich an, seine Augen leuchteten golden. »Du hast uns friedlich gesehen. Was denkst du?«

»Die Äbtin würde sagen, dass es heidnische Magie ist.«

»Und ist jede heidnische Magie böse?« Mittlerweile hatte er ein kleines Feuer am Brennen und legte die Hände um die Flamme, um sie vor der Zugluft zu schützen. Seine Hände und sein Gesicht leuchteten wie die eines Dämons.

»Ja«, antwortete ich, aber in meinem Tonfall schwang Unsicherheit mit.

Da schaute er zu mir auf. »Immer?«

Ich reckte das Kinn vor. »Das hat man mir beigebracht.«

Langsam erhob er sich zu voller Größe und ragte über mir auf. »Und alles, was man dir beigebracht hat, ist wahr?«

Mit dieser beunruhigenden Frage verließ er die Hütte, und ich blieb allein zurück. Das Feuer knisterte leise zu meinen Füßen. Bald würden Jarl und Fenrir mit mehr Holz dafür zurückkehren, doch in diesem Augenblick hatte ich die Gelegenheit, mich hinauszuschleichen. Es würde vielleicht meine *einzige* Gelegenheit sein.

Ich rannte zum hinteren Teil der Hütte. Sie erwies sich als stabil gebaut und das Holz als so frisch, dass die Bretter noch nicht verblichen waren. Das Holz war hell, hatte die Farbe von Sägemehl, und einige Perlen Harz waren zu starren Tropfen getrocknet.

Es musste einen Ausweg geben. Da – in der Ecke. Ein schmaler Eingang, der sich leicht mit einem Wandteppich verhüllen ließ. Ein zweiter Ausgang an der Rückseite der Hütte.

Ich rannte hin und wollte hinaus. Doch bevor ich nach draußen huschen konnte, sah ich, dass sich dort ein Schatten in der Dunkelheit bewegte. Mit der Hand über dem Herzen schrak ich zurück. Ein wildes Tier, das sich vor der Hütte herumtrieb?

Dann bückte sich die dunkle Gestalt durch die Tür herein. Als sie sich aufrichtete, erkannte ich Fenrir. Er hatte mich erwischt.

Schweigend betrat der Krieger die Hütte und drängte mich zum Feuer zurück. Unter dem Arm trug er ein Bündel Anmachholz.

Ich starrte mitten auf seine nackte Brust. Seine Haut war dunkler als meine und sogar als die von Jarl, und nicht nur von der Sonne. Außerdem war sie glatt und brachte seine Muskeln deutlich zur Geltung, ohne die dichte Behaarung der meisten Männer.

Ich schluckte.

Er legte einen Finger an meine Kieferpartie und fuhr mit einer zarten Berührung nach oben. Sie genügte, um meine Nerven zum Kribbeln zu bringen. »Geh nicht«, sagte er mit tiefer Stimme. »Draußen ist es nicht sicher, kleine Mutter.«

Ich runzelte die Stirn, starrte immer noch auf die Mitte seiner Brust. »Warum nennst du mich so?«

»Kleine Mutter? Weil du klein bist.«

»Ich bin keine Mutter.«

»Nicht?«

»Nein. Ich bin keusch geblieben. Ich habe kein Kind geboren.«

»Sag das den jungen Frauen in der Hütte der *Holzmouwas*. Du bemutterst sie alle.« Er ging an mir vorbei und kniete nieder, um mit den mitgebrachten Stöcken das Feuer zu nähren.

Ich bewegte mich langsam wieder auf die Rückseite der Hütte zu. Diese Gelegenheit zur Flucht hatte ich verpasst, aber vielleicht würde sich mir eine weitere eröffnen.

Dann stapfte Jarl durch die Eingangstür herein. »Es wird kälter. Zu kalt für den Frühling. Ein weiterer Schneesturm ist im Anmarsch. Der Totenkönig zwingt dem Wetter seinen Willen auf.«

Ich bemühte mich, nicht zu zittern. Und scheiterte, weil Jarl den Blick sofort auf mich heftete.

»Komm näher zum Feuer, Juliet.«

Ich schüttelte den Kopf und schlang die Arme fester um mich.

»Zwing mich nicht, dich zu holen«, warnte Jarl. Fenrir senkte den Kopf auf die Brust, dennoch gelang ihm nicht ganz, sein Grinsen zu verbergen.

Ich verlagerte das Gewicht von einem Bein aufs andere. Jarl ließ das Holz fallen, das er trug, und kam auf mich zu. Ich hastete auf die andere Seite des Feuers und hasste mich dafür, dass ich einknickte.

Ich bleckte Jarl die Zähne entgegen, als wäre ich eine Wölfin.

»Wird es so sein? Wollt ihr mir ständig euren Willen aufzwingen?«

Seine Kieferpartie spannte sich an. »Ich habe dir gesagt, dass ich dich nicht leiden lassen werde.«

»Ich leide in eurer Gegenwart«, feuerte ich zurück.

»Solange dir nicht kalt ist, soll es mir recht sein.« Lächelnd wandte er sich ab und kümmerte sich um das Feuer. Bald züngelten die Flammen höher, als mein Kopf aufragte.

Ich verharrte am Rand der Hütte und biss die Zähne gegen den frostigen Luftzug zusammen, der mir unter das Gewand wehte. Die Hütte war gut gebaut, aber entlang der Mauer gab es Risse, durch die etwas Kälte hereinströmte. Nicht genug jedoch, um sie in der Nähe eines ordentlichen Feuers zu spüren.

Ich versuchte, mich davon fernzuhalten, aber die Wärme und das Licht lockten mich näher. So sehr es mir widerstrebte, Jarl hatte recht. Meine Beine wurden taub. Ich konnte ihrem Feuer nicht ewig fernbleiben.

Also setzte ich mich auf einen mit Fell bedeckten Stein in der Nähe des Feuers. Es fühlte sich seltsam an, sich auszuruhen, während es Arbeit zu erledigen gab, aber immerhin war ich als Gefangene hier. Ich würde keinen Finger rühren, um zu helfen. Sonst würden die Krieger noch denken, ich wäre mit meiner Gefangenschaft zufrieden.

Fenrir und Jarl werkelten zielstrebig, und zum ersten Mal gestattete ich mir, sie unverhohlen zu beobachten. Obwohl sie beide riesig waren, bewegten sie sich leichtfü-ßig. Ihre Bewegungen muteten so flüssig und anmutig an wie die zweier Hirsche. Oder genauer gesagt, zweier Wölfe. Jarl redete mehr, und ich hielt ihn für ihren Anführer. Aber wenn sie beide schwiegen und sich in stummem Einklang bewegten, wirkten sie völlig gleichberechtigt. Fenrir war etwas größer und hatte langes dunkles Haar, das ihm über den Rücken wallte. Wäre er eine der jungen Frauen in meiner Obhut, würde ich ihn auffordern, sich zu setzen, damit ich ihm Zöpfe flechten könnte. Er sah besser aus, hatte ein schmales Gesicht und lange, dunkle Wimpern.

Jarl war stämmiger und hatte breitere Schultern, obwohl auch er groß genug war, deutlich größer als ich. Sein Gesicht war breit, und auch er wäre gutaussehend gewesen, wenn er mich nicht ständig angegrinst hätte.

Unter allen Berserkern waren mir immer die beiden aufgefallen. Erstaunlicher jedoch fand ich, dass ich ihnen aufgefallen war.

»Juliet.« Jarl stand hinter dem Feuer. Mein Blick heftete sich auf seinen, und ich errötete. Er hatte mich dabei ertappt, wie ich ihn anstarrte. Kein Wunder, dass er grinste.

Vielleicht hatte ich es all die Male, die ich verstohlene Blicke auf ihn geworfen hatte, nicht so gut versteckt, wie ich gedacht hatte.

Ich schlang die Arme um die Beine.

»Was ist das für ein Ort?«

»Der Ort, den wir für dich gebaut haben.«

»Für mich? Warum?«

»Weil du unsere Gefährtin bist.«

»Ich bin niemandes Gefährtin.«

»Wegen deinem Gelübde?«

Ich spürte Schweißperlen auf der Stirn und wischte sie weg. Der Spaziergang hatte mich abgekühlt, nun jedoch wurde mir durch das Feuer wieder heiß. Oder vielleicht hatte ich immer noch Fieber.

»Du kannst nicht essen, du kannst nicht schlafen. Wir haben dich all die Monde beim Leiden beobachtet ...«

»Und was? Habt ihr gedacht, ihr entführt mich einfach,

ich falle in euer Bett, und alles wäre in Ordnung?« Ich
schaute finster drein, er grinste. Je zorniger ich wurde, desto
mehr belustigte ich ihn. Und je belustigter er wurde, desto
zorniger wurde ich.

»Du wirst zulassen, dass wir uns um dich kümmern.«
Fenrir ließ sich neben mir nieder.

»Ach ja?« Ich richtete den finsteren Blick auf ihn, aber er
blieb vollkommen ruhig.

»Ja«, bestätigte er leise und bot mir einen Wasserschlauch an. Ich war durstig, also ließ ich ihn mir an die
Lippen heben und nickte, als ich genug getrunken hatte.
Dann öffnete er ein Bündel und reichte mir einen Streifen
Dörrfleisch. Ich aß. Als er sich näher zu mir beugte,
versteifte ich weder den Körper, noch wich ich von ihm weg.
Die ruhige Selbstsicherheit, die Fenrir ausstrahlte, hatte
mich schon immer geerdet. Es störte mich nicht, dass er
mich entspannte. Ich zog seine Gesellschaft der von Jarl
ohnehin vor.

»Du hast keine Wahl«, sagte Jarl von der anderen Seite
des Feuers. Licht und Schatten sorgten für ein Wechselspiel
auf seinem Gesicht, während er uns beobachtete.

Ich erstarrte, und Fenrir seufzte. Er bot mir mehr
Fleisch an. Diesmal lehnte ich ab. Aber als ich mich
abwenden wollte, überrumpelte er mich, indem er mich auf
seinen Schoss zog.

»Beruhig dich, kleine Mutter. Lehn dich an mich.«

»Ich will das nicht«, brummelte ich. Immerhin war ich
eine erwachsene Frau, die auf dem Schoß eines
Mannes saß.

»Wirklich? Warum ruft dann deine Körper nach
meinem?« Er fasste um mich herum und legte mir die Hand
an den Hals. Seine Finger kreisten leicht, seine Handfläche
ruhte über meinem Brustbein. Ich wetzte hin und her, und

er drückte mich leicht nach unten. Ich hörte auf zu zappeln. Ich konnte ihm nicht entkommen und empfand es als angenehm. »Du kämpfst immer noch dagegen an.« Seine tiefe Stimme liebkoste mich. »Das musst du nicht.«

Mein Herzschlag beschleunigte sich kämpferisch unter seiner Handfläche. Fenrirs Geruch umgab mich, wild und satt, nach Kiefern und Holzrauch. Ich entspannte mich auf seinem Schoß.

»Wir würden dir nie schaden. Wir würden alles für dich tun«, flüsterte er mir ins Ohr.

»Ich möchte nur, dass ihr mich in Ruhe lasst«, sagte ich laut genug, damit es auch Jarl hörte.

Fenrirs leises Lachen ging durch meinen gesamten Körper. »Das ist nicht wahr.«

»Es *ist* wahr«, protestierte ich. Seine Finger neigten meinen Kopf zur Seite, und sein Bart schrammte über meinen Hals. Mein von ihm gefangener Körper hob und senkte sich, als er tief meinen Duft einatmete.

»Du bist die ganze Zeit brünstig gewesen. Leugne es nicht.«

Jarl beobachtete weiter von der anderen Seite des Feuers aus. Seine Augen glichen dunklen Gruben, die gelegentlich golden aufflammten.

Meine Lider wurden schwer, mein Körper entspannte sich weiter, eingelullt von der Wärme und Behaglichkeit des Feuers und Fenrirs Schoß. Es fühlte sich so gut an, sich in den Armen eines starken Kriegers auszuruhen. Nichts auf der Welt könnte mir hier etwas anhaben. Nichts.

Seine Hand bewegte sich tiefer, seine Fingerspitzen streiften die oberen Ränder der Erhebungen meiner Brüste. Mein Herz wummerte so laut, dass es sich anfühlte, als würde es die Hütte erschüttern. Fenrirs Lippen befanden sich dicht an meinem Ohr, und ich lauschte angestrengt, doch er sagte nichts. Stattdessen knabberte er am äußeren Rand entlang und am Ohrläppchen. Mein Körper reagierte darauf, meine inneren Muskeln spannten sich an. Ich glich einer fest versiegelten Knospe. Einer geballten Faust, die unter dem Bemühen zitterte, geschlossen zu bleiben.

Seine Zunge berührte die empfindliche Stelle hinter meinem Ohr, und ein Rausch goldener Empfindungen flutete mich, brodelte aus meinem Innersten empor und breitete sich in Wellen prickelnder Lust nach außen aus. Dadurch legte sich das Verlangen zwischen meinen Beinen nicht, es ergänzte die Sehnsucht vielmehr um eine Süße, ein Versprechen von etwas Bevorstehendem. Ich bräuchte nur die Schenkel zu spreizen und anzunehmen, was an Freuden auf mich zukommen würde.

Fenrirs Zunge kroch am Rand meines Ohrs entlang, liebkoste jede Erhebung. Jede Bewegung seiner Zunge hallte durch meinen Körper und peitschte die goldenen Wellen höher auf.

Dann schob er mir die Zunge ins Ohr.

Ich schnappte nach Luft. Das Geräusch schien durch die Hütte zu dröhnen. Auf der anderen Seite der Feuerstelle lehnte sich Jarl nach vorn, ging beinah in die Hocke. Seine von den Flammen erhellte Gestalt wirkte so beängstigend wie die Schatten, die er warf. Licht und Schatten verwandelten ihn in einen Dämon, der bereit zu sein schien, mich in die Niederungen der Hölle zu ziehen.

Fenrirs Bart kratzte an meinem Hals und meinem Ohr. »Schhh, Kleines.« Seine große Hand festigte den zarten Griff an meiner Kehle.

An der Stelle wurde mir bewusst, dass ich wieder und wieder einen Sprechgesang murmelte. *Kyrie eleison, Christos eleison.* Meine Brust fühlte sich wie zugeschnürt an, als ruhte ein Felsbrocken auf ihr. Meine Lippen bewegten sich ohne bewusstes Zutun und murmelten das vertraute Gebet.

Fenrir lockerte den Griff um mich. Langsam schob er mich von seinem Schoß, mir jedoch schoss das Blut in den Kopf. Ich schwankte, konnte nicht aus eigener Kraft aufstehen. Er stützte mich mit den Händen an meinen Armen.

»Hab keine Angst«, murmelte er. »Juliet, du bist unversehrt.«

Ich zuckte weg. »Das war nicht ich.« Rasch zog ich das Fell enger um mich, als wäre es eine Rüstung, die mich gegen die Blicke der Krieger wappnen könnte. Ich zitterte, aber nicht vor Angst oder Wut. »Ihr macht mich zu jemandem, der ich nicht bin.«

Fenrir trat näher, bewegte sich langsam, zielstrebig. Er kam auf mich zu, als wäre ich ein verängstigtes Kaninchen und im Begriff, die Flucht zu ergreifen. Vielleicht stimmte das ja, aber irgendetwas verankerte meine Füße auf dem Boden.

Als er sich so nah vor mir befand, dass wir uns mühelos hätten berühren können, blieb er stehen. Nur ein besonders tiefer Atemzug, und meine Brüste würden ihn streifen.

Langsam hob er die Hand, ließ mir genug Zeit, mich zurückzuziehen. Mein gesamter Körper erstarrte in Erwartung seiner Berührung. Aber er strich mir nur eine Haarsträhne aus dem Gesicht. »Du bist, wer du schon immer warst. Du verleugnest es nur.«

Ich öffnete den Mund, aber mir fiel keine Antwort ein. Nur das Gebet, an dem ich mich immer festgeklammert hatte.

Über viele Jahre hatte ich lange und inbrünstig gebetet. Ich hatte eine Mauer zwischen mir und meinen Begierden errichtet. Jedes Gebet bildete dabei einen Ziegelstein. Aber an diesem Abend reichten die Gebete nicht mehr, um die heranstürzende Flut aufzuhalten.

Eine Berührung dieser Krieger, und in der Mauer entstanden Risse. Ein Kuss, und der Damm würde endgültig brechen. All die Gefühle, gegen die ich angekämpft hatte, würden herausströmen und mich mitreißen.

Mit nach oben gewandtem Gesicht wartete ich, aber es kam kein Kuss. Stattdessen ließ Fenrir die Hand sinken und entfernte sich.

»Ich übernehme die erste Wache«, sagte er zu Jarl. Ich wusste, dass er es für Jarl nicht laut hätte aussprechen müssen, also hatte er es für mich getan. Damit ging Fenrir, und ich blieb mit Jarl zurück.

»Weißt du, er hat recht. Es hat keinen Sinn, zu kämpfen. Du willst es auch.«

Fenrirs zärtlichen Berührungen konnte ich nicht widerstehen, Jarls Worte hingegen reizten mich, spornten mich zu einem Streit an. Ich zog den Umhang wie einen Schild um mich und warf ihm einen spöttischen Blick zu. »Ich will gar nichts von dir.«

»Das sagst du vielleicht.« Er richtete sich auf, und ich schreckte zurück, doch er ließ keine Regung erkennen, auf mich zukommen zu wollen. »Aber stimmt es auch?«

Ich krallte die Hände ins Fell. »Natürlich stimmt es.« Allerdings schnappte ich schon wieder nach Luft. Das Fieber stieg in mir an, nicht mehr als goldene Welle, sondern rot getüncht. Mein Innerstes verkrampfte sich und strahlte blutroten Schmerz durch meine Eingeweide aus. Ich stöhnte, und Jarl trat einen Schritt auf mich zu. Aber ich versteifte den Körper, wandte mich von ihm weg, und er blieb stehen.

»Juliet.« Er breitete die Hände aus, um mir zu zeigen, dass er keine Waffe hielt. »Wir wollen dir nichts tun.«

»Ihr habt schon genug getan.« Ein weiterer Krampf erfasste mich. Mein Körper wandte sich gegen mich, und ich war ihm hilflos ausgeliefert.

»Kleines«, sagte er mit belegter Stimme. Er zitterte, als könnte er sich kaum zurückhalten.

»Bitte geh. Ich kann das nicht. Ich kann nicht gegen dich kämpfen.« Ich ließ den Kopf hängen, war so müde. Nur noch wenige Herzschläge, dann würde ich einfach zu Boden sinken.

»Wie du willst«, murmelte er. »Das Bett ist für dich vorbereitet.«

Ich musste alle Kraft aufwenden, um mich dorthin zu schleppen. Das Bett wirkte groß genug für einen Berserker – oder sogar zwei. Ich musste springen und mich an den schweren Fellen festhalten, um mich hochzuziehen. Oben angekommen versank ich in dem weichen Meer aus Fellen und verlor mich darin. So riesig das Bett sein mochte, mit zwei Kriegern neben mir wäre es trotzdem heimelig und warm.

Aber daran durfte ich nicht denken.

Ich wühlte mich unter den seidigen Haufen.

»Schlaf jetzt, Juliet«, sagte Jarl. Auch er klang müde. »Wir unterhalten uns morgen früh weiter.«

JULIET

Ich kniete auf den Bodenfliesen vor dem Altar. Die Unebenheiten im Stein bohrten sich mir in die Knie. Ich kniete bereits seit Stunden, doch ich würde noch hundert Stunden länger knien. Im dunklen Altarraum der Kirche stank es nach Schimmel, doch ich hatte hier immer Trost gefunden. Vor mir musterte mich die Statue der Jungfrau Maria auf ihrem Sockel mit einem gelassenen Ausdruck im steinernen Gesicht. Ich kam oft in den Altarraum, um mich vor den grausamen Nonnen und dem verächtlichen Ordensbruder zu verstecken. Wenn ich hinauf zur Statue schaute, stellte ich mir vor, ich hätte eine Mutter. Sie wäre freundlich. Sie würde für mich sorgen. Sie würde mich nie so verlassen, wie es meine leibliche Mutter getan hatte. In meiner Vorstellung sah das Gesicht meiner Mutter wie das der Jungfrau Maria aus, vollkommen rein und gelassen. An diesem Abend stellte ich mir zudem eine Spur Mitleid vor, während ich meine Gebete flüsterte.

Kyrie-eleison-christos-eleison. Bitte-bitte-bitte-bitte ...

Ein Klopfen ertönte an der schweren Holztür. Der gesamte Altarraum erbebte. Ich kauerte mich tiefer und betete schneller. Aber das Klopfen ertönte erneut, und Risse breiteten sich durch *die Bodenplatten aus. Über meinem Kopf brach das Dach auf und ließ Licht hereinfallen. Steine prasselten herab, gefolgt von rieselndem Staub.*

Jenseits der Tür vernahm ich die an- und abschwellenden Stimmen von Kriegern. Sie kamen. Aufhalten konnte man sie nicht.

Bitte, flehte ich die Jungfrau Maria an, aber sie schwieg. Das Gebäude erbebte, und die Tür gab nach. Schwere Schritte erklangen, doch ich konnte mich weder umdrehen, noch konnte ich die Flucht ergreifen. Ich war erstarrt wie die Statue der Jungfrau Maria, in deren Gesicht ich blickte.

Tränen strömten ihr aus den Augen. Ihre kleine Steinhand hob sich zu einem Segen, bekam Risse und fiel ab. Ich kreischte, als die gesamte Statue zerbröckelte ...

Jäh schlug ich die Augen auf. Ich lag in einer Wolke aus weichsten Fellen und erstickte förmlich vor Hitze. Als ich die Hand hineinkrallte, rührte sich das Fell und bewegte sich weg. Ich spürte, wie es im Schlaf etwas grollte. Neugierig drückte ich gegen die feste Wand aus Fell, bevor ich erschrocken die Hand zurückriss.

Im Bett lag ein großer Wolf. Weiß mit gelbbraunen Flecken.

Als ich jäh herumwirbelte, begrüßte mich auf meiner anderen Seite eine weitere schlummernde, von dunklem Fell bedeckte Gestalt.

Nicht ein Wolf, sondern zwei. Sie schliefen tief und fest, wie verzaubert.

Langsam setzte ich mich auf, aber sie rührten sich nicht. Wir befanden uns in dem großen Bett in der neuen Hütte, die Jarl und Fenrir gebaut hatten.

Die Flammen in der Feuergrube waren erloschen.

Entlang der Wände stapelte sich das Brennholz höher. Und an der Tür hing ein toter Hirsch. Demnach hatten die Krieger die Nacht mit Arbeit verbracht und waren auf die Jagd gegangen. Kein Wunder, dass sie müde waren.

Langsam, so langsam verließ ich die wohlige Wärme und schlängelte mich aus dem Bett. Bis auf das eine oder andere zuckende Ohr rührten sich die Wölfe nicht.

Ich biss mir auf die Unterlippe. Behutsam zog ich an dem Gewand, das Fenrir mir gegeben hatte, befreite es unter den Pfoten des weißen Wolfs. Es handelte sich um ein schweres Fell. Nicht perfekt, aber es würde helfen, die Kälte abzuwehren.

Das war meine Gelegenheit zur Flucht. Vielleicht meine Letzte.

Draußen empfing mich ein schiefergrauer Himmel. Schneeflocken tänzelten in der Luft und rieselten als weißes Pulver zu Boden.

Mein Plan kam blanker Torheit gleich. Ich konnte nicht flüchten.

Meine nackten Zehen rollten sich ein und wurden bereits steif vom frostigen Boden. Einen Marsch durch einen Schneesturm würde ich nicht überstehen. Sogar der Hirsch war bereits gefroren. Sein Blut hatte sich zu einer geronnenen Lache unter seinem Kopf gesammelt.

Ich starrte auf die eisige Landschaft und wünschte, ich hätte Flügel, um wegzufliegen.

Wärme erfasste meinen Rücken, bevor sich ein tätowierter Arm um meine Brust legte. Jarl zog mich an sich. Sein Geruch umfing mich – Rauch, Kiefernholz und ein weiterer schwacher Duft wie jener der Luft nach einem Sturm. Magie. Das seltsame Aroma kribbelte in meiner Nase und verblasste, als Jarl das bärtige Gesicht an meinen Nacken schmiegte.

»Komm wieder ins Bett«, murmelte er an meiner Haut.

Ich keuchte, als wäre ich einen Berg hochgelaufen. »Ich kann nicht.«

»Du musst. Dir ist kalt.«

»Nein«, protestierte ich, aber er zog mich bereits rückwärts. Irgendwie endete er vor mir, und ich wandte das Gesicht ab. Abgesehen von den dunklen Tätowierungen und einem Lederschurz um die Lenden war er nackt. Weder die Kälte noch meine Verlegenheit schienen ihn zu stören. Er setzte mich aufs Bett und kniete sich hin, um meine Füße zu untersuchen.

»Frau, du hast keine Stiefel.« Seine Daumen rieben Schmutz und Asche von meinen Fußballen. Meine Zehen knirschten zuerst vor Kälte. Dann breitete sich ein wohliges Gefühl durch sie aus, als er sie mir massierte.

Ein seltsamer Windstoß hob mein Haar an und erfüllte die Hütte mit dem Geruch von Regen. Dann hatte ich Fenrir hinter mir, der mich höher auf das Bett und in seine Arme zog. Ich wollte die Beine anwinkeln und mich wegrollen, aber Fenrir drückte mich an sich, sanft und doch fest genug, dass ich mich nicht von der Stelle rühren konnte. Unten knurrte Jarl und packte meine Füße. Seine starken Hände massierten meine durchfrorenen Waden.

»Bitte.« Zappelnd drehte ich mich Fenrir zu. Sein langes Haar fiel über mich wie ein schwarzer Vorhang. Mit Sicherheit war auch er nackt. Allerdings wagte ich nicht, den Blick zu senken. »Wir sollten nicht so beisammen liegen. Wir dürfen nicht …«

»Schhh.« Er legte mir einen Finger an die Lippen, dann fuhr er damit über meine Stirn. »Draußen tobt ein Sturm. Wir haben letzte Nacht gejagt, und wir haben reichlich Holz. Es gibt keinen Grund zu gehen.«

»Ich sollte nicht hier sein.« Es fiel mir schwer zu widersprechen, während Jarl meine Beine mit magischen Fingern streichelte. Mein dünnes Gewand bildete für beide Männer kein Hindernis.

»Mmm.« Fenrir schien mich nicht gehört zu haben. Er ging zu sehr darin auf, meine Kieferpartie nachzufahren und mir das Haar zurückzustreichen.

Ich ertrank in meinen Gefühlen. Meine Lider wurden bereits schwer, mein Körper erwärmte sich und versank in den lustvollen, traumartigen Empfindungen.

Wie aus der Ferne hörte ich mich murmeln: »Ich kann das nicht. Ich kann nicht sein, was ihr wollt.«

»Du weißt nicht, was wir wollen«, murmelte Fenrir. Sein Daumen liebkoste meine Lippen. Als ich den Mund zum Sprechen öffnete, schob er einen langen Finger hinein, dann noch einen. Sie eroberten meinen Mund, während ich mit weit aufgerissenen Augen daran saugte.

»Schhh«, machte er beruhigend. Seine Finger streichelten meine Zunge, und ich spürte einen Widerhall ihrer Berührung zwischen den Beinen.

Gleichzeitig hauchte warmer Atem über mein Fußgelenk. Jarl hielt meine Füße fest und bahnte sich knabbernd den Weg an einem Schenkel hoch. Meine Mitte zog sich erwartungsvoll zusammen, und ich schloss die Augen. Was geschah mit mir? Wer war ich?

Ein kalter Windstoß wehte in die Hütte, stark genug, um den Hirsch ins Schaukeln zu bringen. Fluchend erhoben sich beide Krieger. Jarl ging los, um das Fleisch zu sichern, Fenrir folgte ihm und murmelte etwas davon, dass sie eine Tür und ein Feuer brauchten.

Und ich verlor völlig den Verstand.

Ich schnappte mir das nächstbeste Fell, kletterte vom Bett, warf mir das Fell um die Schultern, rannte zur Rückseite der Hütte und durch den Ausgang hinaus.

Die Kälte schlug mir wie eine Keule entgegen. Ich schrie auf, taumelte und zischte, als mir der frostige Wind wie Messer in die Haut fuhr. Der gefrorene Boden fühlte sich wie kaltes Feuer an meinen nackten Sohlen an.

Ich hatte es gerade mal bis zum Rand der Lichtung geschafft, bevor mir Rufe folgten.

»Juliet! Juliet!«

Gedankenlos stürmte ich ins Unterholz davon. Ich handelte ohne Verstand wie ein verängstigter Fasan, der vor einem Raubtier davonflog. Halb rannte ich, halb stürzte ich den Hang hinunter.

Eine weiße Gestalt sprang über mich hinweg und landete vor mir. Ich schrak vor dem weißen Wolf zurück, der mir den Weg versperrte.

Dann klammerte sich ein starker Arm um meine Brust. »Hab dich«, stieß Jarl knurrend hervor. Ich setzte mich zur Wehr, doch sein Arm zog sich zusammen wie ein Eisenband. Dann hievte er mich hoch und rannte mit mir den Hang zurück hinauf.

Wieder in der Hütte schlug mir die Wärme ins Gesicht. Jarl warf mich erneut aufs Bett, blieb aber bei mir und packte mich an den Schultern.

»Du kleine Närrin!« Er schüttelte mich. Meine Zähne klapperten bereits, und mein Herz raste vor Angst. »Was hast du dir dabei gedacht? Du rennst in einen Sturm hinaus? Ohne Stiefel?«

Der weiße Wolf huschte herein und bellte.

»Sie muss nachdenken«, herrschte Jarl den Wolf an, bevor er sich wieder mir zudrehte. »Ist dein Gott so grausam, dass er dich lieber sterben lassen würde, als dass du dich uns hingibst?«

Ich schluchzte, während sich meine Brust wie zugeschnürt anfühlte. Dieser Morgen, die vergangene Nacht, die letzten Monate – alles wog schwer auf meinem Verständnis.

Der Wolf knurrte und sträubte das weiße Fell. Auf steifen Vorderbeinen bewegte er sich vorwärts und fletschte dem Krieger die Zähne entgegen.

»Dann sprich du mit ihr«, sagte Jarl barsch. Und damit stapfte er aus der Hütte.

Ich brach auf dem Bett zusammen und rollte mich ein. Meine Füße schmerzten. Meine Nase brannte, als wäre die Spitze beinah abgefroren. Und mein Herz gleich einem Häufchen Asche. Ich fühlte mich wie die Statue aus meinem Traum, von Kopf bis Fuß bröckelig. Ein Schlag, und ich würde zerbrechen.

Ein riesiger Schatten segelte über mich hinweg und landete auf dem Bett. Der weiße Wolf benutzte den massigen Körper, um die Felle über mich zu schieben, dann legte er sich hin. Sein eigenes Fell war kalt von der frostigen Luft draußen, trotzdem vergrub ich die Hände darin.

»Darum habe ich nie gebetet«, murmelte ich. Dabei klang ich jämmerlich, weinerlich wie ein Kind. Aber ich war verloren. Ich fühlte mich klein und zerbrechlich wie ein Blatt, das von einem Baum in einen großen Fluss fiel und sofort weggefegt wurde. Ich war am Ertrinken, und meine Füße würden nie wieder den Boden berühren.

Der Wolf drehte mir den großen Kopf zu. Nach einer Weile leckte er mir mit der breiten rosa Zunge die Tränen aus dem Gesicht.

»Was soll ich nur tun?« Ich umklammerte den Hals des Wolfs und vergrub das Gesicht in seinem dichten Fell.

ES DAUERTE LANGE, bis Jarl zurückkehrte. Bis dahin hatte Fenrir den Hirsch bereits heruntergeschnitten und zerlegt, einige dünne Baumstämme zusammengebunden und als behelfsmäßige Tür gegen den Eingang gelehnt und wieder ein Feuer angemacht. Ich war im Bett eingeschlafen und erwachte ruckartig, als Jarl hereinstapfte.

Der Krieger warf zwei tote Fasane hin, starrte finster auf alles und nichts. Ich schrak in die Felle zurück.

Jarl trat vor mich hin und ließ ein paar lange Lederstreifen aufs Bett fallen.

»Rennst du noch einmal weg, lege ich dir Fußfesseln an«, warnte er mich und bedachte die Lederbänder mit einem vielsagenden Blick. Mürrisch starrte ich auf sie. Was konnte ich sonst schon tun?

Fenrir machte sich daran, die Fasane zu rupfen und zu zerteilen, um sie über dem Feuer zu braten. Jarl stampfte zum Holzstapel und begann, zornig Scheite in die Flammen zu werfen.

Fenrir schaute zu mir und verzog mitfühlend den Mund. »Er ist wütend, weil du so lange zugelassen hast, dass du leidest.«

»Was hätte ich denn tun sollen?«

»Du hättest dich an uns wenden können«, raunte Jarl und drosch das letzte Scheit unter aufstiebenden Funken ins Feuer. »Du gehörst uns.«

Ich schlang die Arme um mich. »Ich gehöre Gott.«

Jarl stand auf und breitete die Arme aus. »Warum hat er dich dann nicht gerettet?«

Bevor ich wusste, was ich tat, sprang ich vom Bett, richtete mich auf die Zehenspitzen auf und brüllte ihm ins Gesicht. »Wenn du so stark bist, warum hast du mich nicht gleich bei unserer ersten Begegnung zu Boden geworfen und genommen? Auf der Wiese vor dem Kloster im Licht der Fackeln?«

Seine Augen leuchteten golden. »Hättest du das gewollt?«

»Nein!«

»Wirklich nicht?« Er drängte mich rückwärts zum Bett. »Warum widersetzt du dich uns? Warum widersetzt du dich deiner Natur?«

»Weil es nicht meine Natur ist. Oder falls doch, ist sie sündig und verrucht.«

»Wer hat dir das gesagt?«, fragte Fenrir. Er kauerte am Feuer und rückte den Bratspieß zurecht.

»Der Ordensbruder.«

»Priester«, spie Jarl abfällig hervor. »Schwache Menschen, die Regeln aufstellen, denen andere folgen müssen.«

»Sie sind nicht schwach ...«, wollte ich widersprechen.

»Doch, sind sie. Diese Regeln dienen nur dazu, euch zu binden.« Er schnappte sich die Lederbänder vom Bett, ballte die Faust um sie und schüttelte sie vor meiner Nase. »Wir sind Berserker. Wir sind an nichts gebunden, am wenigsten an Worte, die irgendwelche mickrigen Priester von sich gegeben haben.«

Ich ballte die Hände zu Fäusten, um mich davon abzuhalten, ihn zu schlagen. »Ich bin immer noch gebunden.«

»Ja, das bist du, kleine Nonne. Und wir lassen dich auch nicht gehen. Versetz mir einen Stoß, und ich binde dich am Rahmen fest.« Damit warf er die Riemen aufs Bett und wandte sich brummelnd ab. »Ich sollte dich fürs Weglaufen bestrafen.«

»Dann tu es doch«, spie ich hervor.

Ich bekam gar nicht mit, wie er sich bewegte, so schnell landete ich auf dem Bauch. Mein Gesicht wurde gegen die weichen Felle gedrückt. Jarls harte Hand klemmte sich um meinem Nacken, während er mit der anderen Hand ruckartig mein Gewand hochzog. Ich brüllte ins Bett, krallte an den Fellen und wand mich wie ein Aal. Seine Handfläche sauste auf meine nackte Haut nieder, und ich schrie. Ich trat aus, aber er schlug mich erneut.

Der Krieger kniete sich aufs Bett und fing mühelos meine fuchtelnden Arme hinter meinem Rücken ab. »Ist es das, was du wolltest?«

Ich kreischte und bekam Fell in den Mund. Seine Handfläche klatschte auf meinen Hintern, dann setzte ein abwechselnder Trommelwirbel auf meine Pobacken ein, die er mit Schmerz überzog. Nach einer Weile stellte ich die Gegenwehr ein, krallte die Finger in die Felle und ließ meine Bestrafung über mich ergehen.

Jarl hielt inne und streichelte mein erhitztes Hinterteil. Ich verharrte mit angehaltenem Atem, während mein Herz wild gegen den Brustkorb und das Bett darunter hämmerte.

»Das hätte ich schon vor Monden tun sollen«, murmelte er und klang ruhiger. Seine Finger tauchten tiefer und verirrten sich in die Nähe einer Stelle, die noch nie jemand berührt hatte. Lust prickelte in meinem Bauch, eine Empfindung, die einen harschen Gegensatz zu meinem brennenden Hintern bildete. Ich spürte eine hauchzarte Berührung meiner unteren Lippen, riss mich von ihm los und warf mich auf die andere Seite des Betts.

Jarl ließ von mir ab. Ich rollte mich herum und zog mir die Felle bis zum Hals hoch. Ich hatte damit gerechnet, ihn grinsen zu sehen. Stattdessen stand er auf und starrte auf die beiden Finger, mit denen er mich berührt hatte. »Du bist feucht.«

»Nein.« Mein Hintern pochte, mein Innerstes pulsierte. Ich schnappte mir ein riesiges Bärenfell und zog es über mich. Dadurch war ich von Kopf bis Fuß bedeckt, dennoch bot es mir nur einen dürftigen Schutz, falls der Krieger beschlösse, sich auf mich zu stürzen.

Aber Jarl rührte sich nicht von der Stelle. Er senkte den Kopf und schnupperte an seinen Fingern, bevor er den Mund über sie stülpte und kräftig daran saugte. Dabei sah er mir unablässig in die Augen. »Keine Sorge, Juliet. Wir bereiten dir kein Vergnügen. Nicht, bevor du darum bettelst.«

»Ich werde niemals darum betteln.«

»Nimm dich in Acht, Juliet.« Sein Knurren klang wie eine Drohung. »Man sollte nicht vorschnell schwören, was man niemals ...«

»Genug.« Fenrirs tiefe Stimme hallte durch die Hütte. Er erhob sich neben dem Spieß am Feuer aus der Hocke und wischte sich die Hände ab. »Das Fleisch ist fertig. Es ist Zeit zum Essen.«

»Gut.« Jarl stapfte hinüber zum Feuer.

Ich vergrub mich in den Fellen und fragte mich, wie lange ich mich verstecken könnte.

»Juliet?«, rief Fenrir. Er stand mit einem Teller voll einem halben Fasan am Fußende des Betts.

Mein Magen knurrte.

»Komm heraus.« Jarl winkte. »Ich rufe den Waffenstillstand aus.«

»Waffenstillstand«, stimmte ich zu und rutschte aus dem Bett, zuckte dabei vor Schmerzen am wunden Hintern zusammen. Ich saß auf der Kante des großen Betts und ließ die Beine baumeln, während ich das heiße Fleisch von den Knochen nagte. Die Männer saßen auf Stümpfen um das Feuer.

Eine Zeit lang blieb es friedlich. Nur das knisternde

Feuer und der Schnee, der draußen vor der behelfsmäßigen Tür vom Himmel rieselte.

»Magst du Fasan?«, fragte Fenrir.

»Ich mag Essen.« Ich hob einen Flügel an und biss das Fleisch davon ab. Dann leckte ich das Fett vom Knochen und von meinen Fingern. Als ich aufschaute, stellte ich fest, dass beide Krieger aufgehört hatten zu essen. Stattdessen beobachteten sie mich. Sie saßen so still, dass sie mich an Wölfe bei der Jagd erinnerten.

Ich stellte den Teller beiseite und errötete. »Das war gut, danke. Im Kloster haben wir nicht oft Fleisch bekommen.«

»Im Kloster hast du von nichts viel bekommen.« Fenrir sprach es nicht als Frage aus.

»Nein. Ich war ein Waisenkind. Und dann habe ich ein Armutsgelübde abgelegt.«

Jarl beugte sich vor und spuckte Knochen ins Feuer. »Warum?«

Ich schleuderte ihm einen finsteren Blick zu. »Ich wollte Gott dienen.«

Jarl schüttelte den Kopf und brummelte etwas bei sich.

»Das verstehen wir nicht«, sagte Fenrir leise.

»Natürlich nicht«, platzte es aus mir heraus. »Ihr versucht es ja nicht mal.«

»Dann erklär es uns. Erzähl uns von deinem Gott.«

Einen Moment lang stand mir der Mund offen, bevor ich die Stimme wiederfand. »Ihr wollt etwas über meinem Gott erfahren?«

Jarl zuckte mit den Schultern. »Wir haben viele. Da ist noch Platz für einen mehr.« Er streckte die Beine aus.

Ich leckte mir die Lippen. »Es gibt nur einen Gott.«

»Ach ja?« Jarl ging zu dem Fass in der Ecke und schenkte sich ein Horn voll Met ein. Er wirkte nicht sonderlich interessiert, aber als ich zögerte, ermutigte er mich mit einem Nicken, fortzufahren.

»Er hat die ganze Welt und alles in ihr erschaffen.« Ich verlagerte auf meinem Sitz das Gewicht. Mein Hintern kribbelte noch von der Züchtigung.

»Und wie hat er sie erschaffen?«

»Er hat Worte gesprochen.« Meine eigenen Worte drangen zittrig und unsicher aus mir. »Er hat die Welt durch Worte entstehen lassen. Er hat ›Licht‹ gesagt, und es ward Licht.«

»Worte? Er klingt wie ein Priester.« Jarl setzte das Horn an den Lippen an und leerte es in einem Zug.

Ich rang die Hände. »Ihr macht euch über mich lustig.«

»Niemals«, widersprach Fenrir. Er strich sich über den dunklen Bart. »Du hast dich diesem Gott hingegeben, richtig? Ihm die Treue gelobt?«

»Ich habe Gelübde abgelegt. Heilige Gelübde.« Konnte es möglich sein? Hörten sie mir wirklich zu? Vielleicht könnte ich sie von meiner Absicht überzeugen, mich von der Welt fernzuhalten. Rein zu bleiben.

Vielleicht könnte ich sie überreden, mich gehen zu lassen.

»Du bist eine Priesterin«, sagte Fenrir. »Hast du heilige Zeremonien geleitet?«

»Nein. Die Äbtin manchmal. Meine Rolle hat darin bestanden, zu dienen. Zu arbeiten, zu beten und ein würdiges Leben zu führen.«

»Warum?«, fragte Jarl.

»Warum?«, wiederholte ich und verstand nicht, was er meinte.

»Warum wolltest du das tun?« Jarl lehnte sich näher. »Was ist die Belohnung dafür?«

Belohnung? »Der Dienst selbst ist der Lohn.«

Jarl schnaubte höhnisch.

»Ein Krieger weiß, dass er nach Walhalla kommt, wenn er Tapferkeit beweist und im Kampf stirbt.«

»Was ist Walhalla?« Ich schüttelte den Kopf, als Jarl mir sein Horn anbot.

»Ein wunderbarer Ort. Dort gibt es eine große Hütte und eine riesige Tafel. Die Krieger versammeln sich und kämpfen bis zum Sonnenuntergang gegeneinander. Abends gibt es einen großen Festschmaus und endlos Met. Und am nächsten Tag geht es von vorn los.« Jarl erhob prostend sein Horn. »Auf Walhalla.«

»Walhalla«, stimmte Fenrir ein, und beide leerten ihre Hörner. »Walhalla und Walküren.«

»Walküren.« Jarl klatschte sich aufs Knie.

»Was sind Walküren?«, wollte ich wissen.

»Kriegerinnen. Odins Töchter. Wunderschön und tödlich.« Jarl zwinkerte mir zu. »Sie dienen den Würdigen.«

Ich verdrehte die Augen. Natürlich würden diese Krieger an ein Leben nach dem Tod glauben, in dem endlos gekämpft würde, bevor sie an einer Tafel feierten und von Göttinnen ähnlichen Schönheiten bedient würden. »Das klingt nach etwas, woran ein Krieger glauben wollen würde.«

»Das stimmt«, bestätigte Jarl.

»Und du, Juliet?«, fragte Fenrir und beugte sich vor. »Woran willst du glauben?«

Unwillkürlich riss ich die Hand an den Hals. »Was?«

Jarl schwenkte den Arm. »Beachte ihn gar nicht. Wohin kommst du, wenn du stirbst?«

»In den Himmel, wenn ich ein guter Mensch gewesen bin. Aber das ist nicht der Grund, warum ich gut und frei von Sünde sein möchte. Ich will wirklich rein und heilig sein. Um ein anständiges, Gott gewidmetes Leben zu führen. Wie die Jungfrau Maria.«

»Die Jungfrau Maria«, wiederholte Jarl mit ausdruckslosen Zügen.

»Ja. Sie war rein und guten Herzens. Deshalb wurde sie von Gott als Gefäß für seinen einzigen Sohn auserkoren.«

Jarl blickte mit zusammengekniffenen Augen zu den Dachsparren. »Also hat diese Jungfrau deinem Gott einen Sohn geboren.«

»Ja.« Ich nickte. »Als Jungfrau.«

»Als Jungfrau«, wiederholte Fenrir langsam. »Sie war also eine von Männern unberührte Frau, die Mutter wurde.«

»Ja«, bestätigte ich und wünschte, ich hätte den Predigten des Ordensbruders mehr Aufmerksamkeit geschenkt. Fenrir näherte sich mit einem Horn voll Met, und ich war so durcheinander, dass ich es diesmal annahm.

Jarl wartete, bis ich einen Schluck getrunken hatte, bevor er meinte: »Sie war also wie du.«

Ich erschrak dermaßen, dass ich beinah das Horn fallen ließ. »Was?«

»Kleine Mutter«, sagte Fenrir. »Du bist eine Mutter für alle Kinder, die dich kennen.«

»Und doch bist du unberührt.« Jarl grinste mich an.

»Ist das der Grund, warum du dich so an dein Gelübde klammerst? Hoffst du darauf, eine jungfräuliche Mutter zu werden wie deine Göttin?«, fragte Fenrir.

»Nein. Ich bin nicht annähernd wie sie. Ich bin ein Sünderin, arm und niederträchtig.« Warum hatte ich bloß gedacht, ich könnte es ihnen begreiflich machen? Die Äbtin würde mich glatt auspeitschen, wenn sie meine matten religiösen Erklärungsversuche hören könnte. Sie würde wutentbrannt fauchen: *Deinesgleichen steht es nicht zu, das zu verstehen.*

»Warum dann, Juliet?« Jarl grinste nicht mehr. Er beugte sich vor und sah mich eindringlich an. »Warum hast du das Gelübde abgelegt?«

»Ich weiß es nicht«, flüsterte ich.

Die beiden Krieger runzelten gleichzeitig die Stirn. Was ich sagte, ergab keinen Sinn. Ich war im Begriff, sie zu verlieren.

»Ich meine, i-ich wollte es«, stammelte ich hilflos. »Ich wollte ein guter Mensch sein. Ich wollte in Sicherheit sein.«

»In Sicherheit«, wiederholte Fenrir und nickte. »Deshalb klammerst du dich so an deine Überzeugungen.«

Ich ließ das Horn fallen. Klappernd landete es auf dem Boden. Ich presste mir die Hände auf die Ohren. »*Kyrie eleison. Christos eleison.*«

»Juliet. Juliet.« Sanfte Hände legten sich auf meine. Sie zogen leicht an mir, und ich wehrte mich, aber letztlich endeten meine Hände in viel größeren Pranken. Ich blickte in Fenrirs goldene Augen. »Hör auf. Beruhig dich. Wir sind nicht wütend auf dich. Wir versuchen nur, es zu verstehen.«

Ich leckte mir die Lippen. Mir war so heiß, und mein Mund fühlte sich so trocken an. Meine Lippen bewegten sich noch immer, bildeten formlose Gebete.

»Wie will sie es uns verständlich machen? Sie versteht es ja selbst nicht«, murmelte Jarl.

Fenrir knurrte in seine Richtung. Jarl sprang auf und begann, auf und ab zu laufen.

»Das habe ich nicht so gemeint, Juliet«, sagte er und fuhr sich mit der Hand durchs Haar, bis es ihm zu Berge stand. »Ich meine damit, dass die Dinge, die man dir beigebracht hat, keine andere Bedeutung haben als jene, die du ihnen gibst.«

Ich war zu verblüfft, um nichts zu erwidern. »Willst du damit sagen, dass es keine Götter gibt?«

Fenrir seufzte tief. Jarl rieb sich den Nacken.

»Nein«, entgegnete Jarl. »Das heißt, ich verleugne die Götter nicht. Aber sie haben mir nie eine Gunst gewährt. Warum sollte ich ihnen mehr geben, als ihnen zusteht?«

Fenrir zog mich in seine Arme, und ich war zu entsetzt, um ihn davon abzuhalten. »Beachte ihn gar nicht«, riet er mir. »Er ist bloß zornig, weil die Götter seine Gebete nie erhört haben.«

»Ich habe nie zu ihnen gebetet«, gab Jarl barsch zurück.

»Dann eben die Gebete deiner Mutter«, stellte Fenrir geduldig richtig, und diesmal knurrte Jarl.

»Sprich nicht von meiner Mutter. Ich habe dir nie von ihr erzählt.« Jarls Augen leuchteten hell auf. Spannung knisterte zwischen den beiden Kriegern. Unbehaglich verlagerte ich das Gewicht auf Fenrirs Schoß, und seine Arme schlossen sich fester um mich.

»Das war auch nicht nötig.« Fenrir sprach mit sanfter Stimme zu seinem Kriegerbruder. Er drehte mich auf seinem Schoß herum und erklärte: »Wir teilen uns Erinnerungen.«

»Liegt das an der Magie?«, fragte ich, zu neugierig, um mich zu bremsen.

»An dem Fluch«, sagte Jarl. Er schlug gegen den Türrahmen und stapfte aus der Hütte. Die Anspannung floss aus mir ab, doch die Hütte fühlte sich ohne ihn seltsam leer an.

»Wir können uns von Geist zu Geist miteinander verständigen«, fuhr Fenrir fort. »Und Gedanken, Träume austauschen. Manchmal auch Erinnerungen, wenngleich nicht immer absichtlich. Die Verbindung stellt sich oft ungebeten her. Und ja, dann scheint es tatsächlich wie ein

Fluch zu sein.« Er hievte mich auf seinem Schoß so in Position, dass ich ihm zugewandt saß. »Warum hast du das Gelübde abgelegt, Juliet?«

»Ich dachte, es wäre das, was ich wollte. Ich war ein Waisenkind ohne Familie. Die Angehörigen meiner Mutter haben mich den Nonnen übergeben, als ich wenige Jahre alt war. Ich habe immer nur das Kloster gekannt.«

Fenrir hörte geduldig zu. Er sah mich so ruhig und mit einem Hauch von etwas anderem an – Zärtlichkeit? –, dass ich seinem Blick nicht begegnen konnte.

Ich schaute auf meinen Schoß. »Als ich volljährig wurde, habe ich darum gebettelt, bleiben zu dürfen. Ich habe versprochen, hart zu arbeiten und mich um die Waisenkinder zu kümmern. Ich liebe die Mädchen wie Schwestern, denn sie sind die einzige Familie, die ich je gekannt habe. Die Äbtin wollte mich verstoßen, aber der Ordensbruder hat sich meiner erbarmt und ja gesagt.«

»Was hätten sie gemacht, wenn du kein Gelübde abgelegt hättest?«

Ein Schauder durchlief mich. »Ich weiß es nicht. Es gab auch junge Frauen, die älter waren als ich. Sie sind verschwunden, als sie erwachsen wurden. Der Ordensbruder hat gesagt, er hätte Ehemänner für sie gefunden.«

»Aber das hast du nicht geglaubt.«

»Nein, ich ...« Jäh verstummte ich kurz. »Ich hatte das Gefühl, dass etwas nicht stimmt. Aber es hat mir nicht zugestanden, etwas zu sagen. In Kirchenangelegenheiten haben Frauen kein Mitspracherecht.«

Fenrir lehnte sich zurück. »Es war richtig von dir, das Gelübde abzulegen.«

Ich blinzelte. Das war das Letzte, was ich von ihm erwartet hätte. »Tatsächlich?«

Seine Finger strichen durch mein Haar, beruhigten

mich. Ich lehnte mich in seine Handfläche. »Diese jungen Frauen wurden nicht an Ehemänner übergeben, sondern an den Totenkönig, um seine wachsende Macht zu nähren.«

Scharf atmete ich ein. Er streichelte meinen Kopf, aber ich war steif und kalt geworden. »Wirklich?«

»Ja. Dein Gelübde hat dir das Leben gerettet. Dadurch bist du in Sicherheit geblieben, bis wir dich gefunden haben.« Seine Finger strichen durch mein Haar und zogen leicht daran. »Aber jetzt ist es an der Zeit, ihm zu entsagen.«

»Entsagen?« Benommen schüttelte ich den Kopf.

»Ja«, sagte Jarl, der zurück hereinkam. »Dein Gelübde hat dich gerettet. Aber jetzt sind wir hier, um dich zu beschützen. Und du musst zugeben, dass dein Gott dich zu uns geführt hat.«

Ich rümpfte die Nase, wollte widersprechen, aber Fenrir zog so an meinem Haar, dass ich mich wieder ihm zudrehte. »Du sagst, dein Gott hat die Welt und alles darin erschaffen. Dich eingeschlossen.«

»»Er hat mich mit meinem Innersten geschaffen, im Leib meiner Mutter hat er mich gebildet««, zitierte ich die Heilige Schrift. »Ja.«

»Dann hat er dich so gemacht.« Seine linke Hand legte sich auf meine Brust und wanderte über meinen Busen hinab. Seine Finger hinterließen eine Spur von Hitze. »Du wurdest so geschaffen und mit Verlangen erfüllt.«

»Nein«, flüsterte ich.

»Doch«, beharrte Fenrir. »All die Nächte hast du um Erlösung gebetet. Und dein Gott hat uns erlaubt, dich zu entführen.«

Oh Gott, nein. Ich schloss die Augen.

»Dein Körper lodert in unserer Gegenwart. Du bist für uns geschaffen worden, Juliet. So wie wir für dich.« Seine

Hand rieb meine Brüste sanft. Eine Flut goldener Lust stieg in mir auf und drohte, mich mitzureißen.

»Nein, nein, nein.« Ich packte seinen Arm. »Diese Begierde ist wie ein Stachel in meinem Leib. Ich wünschte, ich könnte sie aus mir herausschneiden.«

»Juliet«, sagte Fenrir, aber ich wollte kein Wort mehr hören. Ich trat aus und versuchte, mich zu befreien.

»Ich habe gesündigt. Ich habe versagt. Ich bin verdammt. Ich muss gereinigt und erneuert werden.« Mittlerweile brabbelte ich. Gleichzeitig krallte ich an Fenrirs Hand, und als sie von mir abfiel, krallte ich an meiner eigenen Haut.

»Aufhören«, befahl Fenrir.

»Juliet.« Jarl hob mich hoch. Seine Hand legte sich um meinen Hals, und er drückte mich mit dem Rücken an seine Brust, damit er mir ins Ohr flüstern konnte. »Du hast etwas Unrechtes getan?«

»Ja, ja.«

»Dann musst du bestraft werden.«

Erleichterung durchflutete mich, und ich erschlaffte an ihm. »Ja.«

»Was, wenn wir dich stattdessen bestrafen?«

»Wie bitte?«

»Wir haben dich gefangen genommen. Nach unserem Gesetz haben wir ein Anrecht auf dich.«

Ich versuchte, den Kopf zu schütteln, aber Jarl hielt mich zu fest. Mein Herzschlag pulsierte unter seiner Hand. »Was für ein Gesetz ist das?«

»Das Gesetz der Macht.« Jarl manövrierte mich durch die Hütte zum Trockengestell. Er hatte die Hand immer noch an meinem Hals und den Arm um meine Taille. »Du kannst uns nicht aufhalten.«

Sie hatten recht. Das konnte ich nicht. Wenn Gott

gewollt hätte, dass ich kämpfte, dann hätte er mich stärker gemacht.

»Dann hätten wir das ja geklärt. Es ist an uns, dich zu bestrafen und zu überwachen.« Damit brachte er mich zwischen den Pfosten des Rahmens in Stellung, streckte mir die Arme über den Kopf und fesselte meine Handgelenke mit den herabbaumelnden Lederstreifen. Mit den Füßen stand ich auf einer erhöhten Plattform, wodurch sich mein Kopf näher auf Kinnhöhe mit ihnen befand.

Fenrir kam auf mich zu. Der Schein des Feuers tänzelte auf seiner nackten Brust. »Wir werden dich bestrafen. Und dann heilen wir dich.«

JULIET

Jarl trat zurück und ließ mich mit über dem Kopf gefesselten Armen stehen. »Du hast keine Wahl, Juliet«, erinnerte er mich. Dann packte er mein Gewand und riss es von oben nach unten entzwei.

Ich hing an den Fesseln. Meine Brust hob und senkte sich heftig, als er mich entblößte. Als er zurücktrat, um sein Werk zu betrachten, presste ich die blassen Beine zusammen und versuchte, die dunkle Behaarung an meiner Mitte zu verbergen.

Aber Fenrir kniete sich hin, spreizte meine Füße und band die Gelenke fest, bis ich mit allen vieren von mir gestreckt auf der Plattform stand. Flüchten konnte ich nicht. Jarl tauchte vor mir auf. Ich schrak zurück, so weit es die Fesseln zuließen.

»Ruhig.« Fenrir stützte mich mit den Händen an meinen Hüften. Seine rauen Finger strichen über mich.

»So.« Jarl schlang mir ein Tuch über die Augen. Ich versuchte, es abzuschütteln, aber er knotete es hinter meinem Kopf fest.

»Was ...«, setzte ich zu einer Frage an, doch in dem

Moment stopfte mir einer der beiden ein Stück Stoff in den Mund.

»Die Zeit zum Reden ist vorbei«, verkündete Jarl höhnisch. Ich verwünschte ihn. Es drang gedämpft aus mir heraus. Er verstand es trotzdem und lachte nur darüber. »Was ist daraus geworden, dass du vor Männern schweigen sollst?«

Ich brüllte ihm so laut Flüche entgegen, dass meine Kehle wund wurde. Dann streifte ein Mund das obere Ende meines Schenkels, und mein Geschrei verkam zu einem Wimmern.

»Ruhig, Juliet«, sagte Fenrir. Sein Bart schrammte über meine Haut, so nah der Stelle, an der meine Mitte pochte. »Gib dich uns hin.« Und damit spreizten seine Daumen meine unteren Lippen. Heißer Atem hauchte gegen meine Scham. Angestrengt versuchte ich, die Beine zusammenzu-pressen.

»Nein.« Jarls Handfläche klatschte auf meinen Hintern. »Das ist Teil deiner Bestrafung.« Er knetete grob meine Pobacken und versohlte mich erneut.

Fenrirs Kopf streifte meinen Bauch. Ich krümmte mich nach hinten, so weit ich konnte, als seine Zunge durch meine erhitzten Falten strich. Er kitzelte mich, leckte an mir, rieb mit seiner Kieferpartie über meine empfindsame Haut und besänftigte die Stellen, an denen sein Bart mich kratzte.

In meinem Bauch braute sich eine goldene Welle der Lust zusammen. Meine Beine schmerzten vom Versuch, sie zu schließen. Jarl versohlte mich weiter dafür, klatschte abwechselnd auf die eine und die andere Pobacke, bis mein Hintern brannte. Aber der Schmerz beunruhigte mich weniger als das angenehme Gefühl, das sich durch mein Innerstes kräuselte. Nichts erschütterte mich mehr als Fenrirs liebevolle Zunge.

Die Begierde vibrierte durch meinen Körper, verwandelte sich in zarte, goldene Strähnen, die sich wirbelnd auf mich senkten und jeden Teil von mir berührten. Angespannt zitterte ich und wollte nicht mehr entkommen, sondern suchte nach Fenrirs Lippen. Und als er den gesamten Mund über meine Scham stülpte und die Zunge in meine Pforte stieß, schrie ich auf. Mein Innerstes zog sich in Erwartung einer lustvollen Entladung zusammen.

Doch bevor ich den Höhepunkt erreichen konnte, wich er zurück. Ich schluchzte, als die lustvollen Gefühle verebbten.

»Schhh.« Fenrir streichelte meine Schenkel und drückte mir einen Kuss auf die Scham. »Erst, wenn du bettelst.«

Ich schrie hinter dem Knebel, aber es drang unverständlich heraus. Und ich war mir selbst nicht sicher, was ich eigentlich von mir gab.

»Nicht heute Nacht.« Damit zog sich Fenrir zurück.

Jarl packte mich am Kinn. »Jetzt zeichnen wir dich.« Er hauchte mir einen Kuss auf die Stirn, dann trat er zurück.

Ich versteifte den Körper und wartete auf das Einsetzen von Schmerz. Immerhin war ich schon davor geschlagen worden.

Stattdessen küsste mich wieder jemand, diesmal auf die Kieferpartie. Vielleicht Jarl, vielleicht auch Fenrir. Die Küsse waren sanft, aber der Bart, der an meiner Haut scheuerte, fühlte sich wie der von Jarl an. Ich verlagerte auf den Füßen das Gewicht und tänzelte, während sich der für mich unsichtbare Krieger mit den Lippen einen Pfad meinen Hals hinunter bahnte. Sein Mund leckte und saugte an mir von meinem Kinn bis hinab zur Brust. Sein Bart rieb über meinen Busen. Ich wölbte den Rücken durch, begrüßte das kribbelnde Gefühl.

Jemand anders streichelte meinen Rücken. Finger

wanderten trommelnd über meine Haut auf und ab, bis mein gesamter Körper zu singen schien. Diese Krieger spielten auf mir wie auf einer Laute.

»Das ist keine Bestrafung«, hauchte ich in meinen Knebel. Jemand zog ihn weg und hielt mir einen Wasserschlauch an die Lippen. Ich trank in großen Schlucken. Mir lief ein wenig Wasser aus dem Mund. Wer immer es mir zuführte, leckte es auf.

»Was hast du gesagt, kleine Nonne?«, fragte Fenrir von hinten.

Mein Körper versteifte sich. Ich musste nicht daran erinnert werden, was ich war.

»Das ist keine Bestrafung«, wiederholte ich.

»Wir haben gerade erst angefangen«, murmelte Fenrir und senkte den Mund auf meine Schulter. Er biss mich zart, dann saugte er so fest, dass ein rotes Mal zurückblieb. Sein gesamter Körper presste gegen meinen. Harte Muskeln und raue Behaarung. Er war nackt. Als ich versuchte, mich wegzubewegen, bohrte sich seine harte Mannespracht in meine Pobacke. Seine Zähne ritzten meine Haut, und er küsste sich meinen Rücken hinab. Wieder wölbte ich mich durch, als mich sein Bart kitzelte. Knisternde Blitze zuckten mir durch die Wirbelsäule.

»Juliet.« Jarl knurrte und krallte die Hand in mein Haar. Er zog meinen Kopf zurück und presste seine nackte Brust an meine Vorderseite. Ein Schauder erfasste mich, schüttelte mich durch. Seine Erregung drückte gegen meinen Bauch. Ich wimmerte. Seine Lippen streiften die meinen, und ich drehte den Kopf, versuchte, den Kuss zu erwidern. »Du bist so süß«, säuselte er. Dann zog er den Knebel weg und ergriff mein Kinn. Sein Mund senkte sich auf meinen, und seine Zunge tauchte zwischen meine Lippen. Verlangen flammte zwischen meinen Schenkeln auf, und ich streckte mich auf die Zehenspitzen.

Fenrirs Mund wanderte über meine Pobacken. Er küsste und nuckelte an den Stellen, die Jarl zuvor versohlt hatte. Ein leichter Biss seiner Zähne schlug Funken in mir an, und Feuer breitete sich rasend durch mich aus. Ich hing zwischen den beiden Männern, schwebte in einer dunklen Welt reiner Empfindungen.

Dann zogen sie sich zurück. Ich wand mich in den Fesseln, drehte mich bald hierhin, bald dorthin, als ich sie zu finden versuchte.

Eine Hand stützte meine Hüfte, und Fenrir beruhigte mich. Er zog etwas über mein Haar und hielt mich fest, als es sich darin verfing.

»Das ist eine Bürste«, verriet er mir. »Du hast wunderschönes Haar.«

»Du auch.« Ich entspannte mich und ließ ihn mein Haar bürsten. Die langen Striche beruhigten mich, bis ich zu schweben glaubte. Er fasste um mich herum und bürstete oben über meine Beine. Die steifen Borsten scheuerten an meiner Haut, durchstießen sie aber nicht. Er bürstete über meinen Bauch und meine Brüste. Wärme stieg in mir auf und breitete sich über meinen Körper aus.

Als er mit den Borsten über meinen frisch versohlten Hintern rieb, rutschte mir ein Zischen heraus. Die Haut war empfindlich.

»Ist das eine Strafe oder ein Geschenk?«, murmelte Fenrir. »Schmerz ist der Lust so nah.« Er fuhr mit der harten Rückseite der Bürste über meinen erhitzten Po und klatschte dann darauf. Ein Aufschrei entfuhr mir.

»Genug?«

Ich schüttelte den Kopf, umklammerte mit den Fingern die Lederriemen und wappnete mich. »Mehr.«

Aber statt mir weiteren Schmerz zu verursachen, nahm er etwas Weiches, Seidiges und rieb damit über meine gezüchtigte Haut. Fell. Es kitzelte. Er wirbelte mit dem Stück Fell über meine Brüste und meinen Bauch, und es fühlte sich himmlisch auf meiner aufgerauten Haut an.

Dann verschwand das weiche Fell, und etwas anderes berührte mich. Fünf harte Punkte, die über meinen Bauch strichen. Etwas Großes befand sich in meiner unmittelbaren Nähe und knurrte tief. Mir sträubten sich die Nackenhaare, und als ich den Kopf drehte, stieg mir der Geruch von Magie in die Nase. Heißer Atem hauchte über meine Wange.

Ich befand mich in Gegenwart der Bestie.

Mein Körper erstarrte, und ich schloss unter der Binde fest die Augen. Mein Herz schlug schneller.

Die Kreatur vor mir streifte meine Hüften. Ihre Klauen pikten mich, und ich schrak zurück. Sie knurrte, und wäre ich nicht angebunden gewesen, ich wäre zu Boden gesackt.

Menschliche Hände fingen mich von hinten auf, und ich unterdrückte einen Schrei. »Genug«, sagte Fenrir. Ich spürte, wie sich die Bestie zurückzog, und ich konnte wieder atmen.

Das Stück Fell kehrte zurück und rieb beruhigend über mich.

»Du machst das gut, Juliet.« Er tauchte tiefer, näher zu der pulsierenden Stelle zwischen meinen Beinen, aber nicht ganz ans Ziel.

Seine Lippen näherten sich meinem Ohr. »Wenn du bettelst, sorge ich dafür, dass du dich gut fühlst.«

Ich schüttelte den Kopf. »Nein, bitte nicht.«

»Juliet ...«

»Bitte«, flüsterte ich. »Ich will, dass es wehtut.«

Er entfernte sich, und einen Herzschlag lang war ich enttäuscht. Aber er blieb nicht lange weg.

Ein Zischen ging durch die Luft, dann schlug etwas Langes und Dünnes auf die Vorderseite meiner Oberschenkel. Eine Gerte. Sie klatschte über meine Beine auf und ab, während ich auf Zehenspitzen tänzelte.

Dann hörte es auf.

»Mehr?«, fragte Fenrir.

Ich biss mir auf die Unterlippe und nickte. Die Gerte wechselte zu meiner Rückseite. Sie zog schmale Linien aus Schmerz von meinen Schulterblättern über den Rücken bis zum Hintern und den Waden hinab. Einer der beiden Krieger zog sogar an meinen Fesseln, bis ich höher hing und meine Füße kaum noch den Boden berührten, damit der andere meine Fußsohlen peitschen konnte.

Als sie die Fesseln wieder senkten, blieb ich auf den Zehenspitzen und schniefte. Winzige Striemen übersäten meinen Leib.

»Ich bin dran«, kam mit knurrendem Unterton von Jarl. Er drehte mich herum und hakte einen harten Arm um meine Mitte, hob mich hoch. Meine Erleichterung währte nicht lange, denn er rieb mit einer glatten Holzoberfläche über mein Hinterteil. Was immer er in der Hand hielt, es war wesentlich größer als die Haarbürste. Ich spannte den Körper an.

Zuerst klatschte er mich sanft, dann so hart, dass die Geräusche der Schläge in der Hütte widerhallten. Dazwischen hielt er immer wieder inne, um den Schmerz zu lindern, indem er mit dem Ausklopfer über meine Haut rieb. Dann machte er weiter.

Als Fenrir seinen Platz einnahm, liefen mir Tränen über das Gesicht.

»Fast geschafft«, säuselte Fenrir. Ich lehnte mich an ihn.

Mein gesamter Körper schmerzte. Aber es war ein guter Schmerz. In meiner Brust fühlte ich mich sauber.

»Lehn dich zurück, Juliet«, befahl er. Ich tat es, und er neigte mich weiter nach hinten. Meine nackten Brüste ragten ihm entgegen.

Ein stacheliges Blatt streifte meine Haut. Ich zuckte zusammen und schrie auf, aber Fenrir hielt mich fest, während er mit Brennnesseln über meinen Busen strich. Das Brennen drohte, mich zu ersticken.

»Es ist vorbei.« Jemand schnitt die Fesseln durch, die mir die Arme über den Kopf hielten. Fenrir fing mich auf und trug mich zum Bett, wo er mich auf die weichen Felle legte. Ich wimmerte, als mein Rücken darauf landete.

»Schhh, das hast du gut gemacht.« Er strich mir die Haare aus dem Gesicht.

Jeder Winkel meines Körpers pulsierte. Meine Brüste kribbelten von der Behandlung mit den winzigen Widerhaken der Nesselblätter. Mein Rücken und meine Beine wiesen Striemen von der Gerte auf, mein Hinterteil fühlte sich heiß und wund an. Und doch verblassten sämtliche Schmerzen im Vergleich zum Pochen zwischen meinen Beinen. Es war, als flössen Schmerz und Begierde zu einer anschwellenden Welle von Empfindungen zusammen, die wie eine Flut durch mich zu fegen drohte.

Als ich nach der Augenbinde griff, fing jemand meine Hand ab. »Noch nicht«, sagte Jarl knurrend. Er drückte meine Handgelenke aufs Bett.

Ein Seufzen ging schaudernd durch mich.

»Wir haben dich bestraft. Damit bist du entsühnt.« Fenrir streichelte mit einer Hand meinen Brustkorb. »Jetzt sorgen wir dafür, dass du dich gut fühlst.«

Ein Horn voll Met wurde mir an die Lippen gesetzt, und ich trank ausgiebig.

Jemand anders schmierte mir etwas Linderndes über die Brüste. Eine Art Balsam, zähflüssig und klebrig.

Ein Finger berührte meinen Mund. Meine Zunge schnellte vor. Süße breitete sich über sie aus. Ich schmatze mit den Lippen.

»Honig«, stellte ich fest.

»Ja«, bestätigte Fenrir und leckte zwischen meinen Brüsten. Er strich mir weiteren Honig über einen Nippel und stülpte den Mund darüber. Das gesamte Brennen verpuffte, als er über meine Brustwarze züngelte. Die Lust sprang von meinem Busen geradewegs auf meinen Schritt über. Ich wölbte mich vom Bett, und mein Stöhnen drang in meine Ohren.

Ich spürte, wie sich Fenrir entfernte und Jarl seinen Platz einnahm. Er schmierte eine ganze Handvoll Honig über meine aufgeraute Brust und beugte sich über mich, um ihn aufzulecken. Sein Bart pikte meine Haut und wurde dermaßen in Honig getränkt, dass mir der vollmundige Geschmack in den Mund drang, als er den Kopf hob, um mich zu küssen. Ich saugte an seiner Lippe, genoss die Süße.

Fenrir arbeitete sich nach unten, verteilte Honig über meinen Bauch und die oberen Bereiche meiner Schenkel. Jarl leckte meinen Hals entlang nach oben. Sein Bart kitzelte mich und brachte mich zum Schaudern. Fenrir wiederum leckte in langen Linien über meine Schenkel, kam dabei meiner sehnsüchtigen Mitte näher und näher.

Als er sich in das Tal zwischen meinen Beinen schmiegte, wand ich mich. Er ließ zwei Finger über meine Schenkel tänzeln, dann tauchte er zwischen sie und bemalte meine Scham mit Honig.

»Oh nein.« Ich verrenkte mich und versuchte zu entkommen, aber gleich darauf packten zwei Paar kräftiger Hände mich an den Beinen.

Und dann, oh, dann leckten sie mich. Zwei raue Zungen wirbelten über mich und stießen zu – in meinen Bauchnabel, in die Spalte zwischen meinen Beinen, nachdrücklich, tiefer und tiefer. Sie waren überall. Eine raue Hand legte sich auf meinen Busen und drückte ihn. Eine andere ergriff mein Knie, zog es hoch und drückte es nach außen, um mich weit zu spreizen. Mein Körper verbarg keine Geheimnisse mehr. Ein Mund bedeckte meine Pforte und leckte tief zwischen meine Falten. Ich drückte den wunden Hintern ins Bett, konnte aber nicht entkommen.

Dann zog sich der Mund zurück, und jemand – Jarl – verteilte erneut Honig in meinem Schritt, um auch damit an die Reihe zu kommen, mich zu lecken. Sein Bart kratzte über die Innenseiten meiner Schenkel, dann presste er das gesamte Gesicht zwischen meine Beine.

»Nein, nein!«, rief ich und schob mir zwei Finger in den Mund, verrieb Honig auf meiner Zunge. Als ich sie wieder herauszog, wurden sie prompt von Fenrirs Mund ersetzt, und ich wurde überwältigt. Fenrir murmelte an meinen Lippen und gab mir einen berauschenden Kuss nach dem anderen. Ich grub die Finger in sein Haar und packte es fest. Er wollte sich einen Pfad nach unten zu meinem Kinn küssen, und ich zog ihn zurück. Aber er fing meine Handgelenke ab und richtete sich über mir auf.

Die Krieger rollten mich herum. Sie banden mir das Haar zurück und verteilten Honig über meinem Rücken, ließen keine Strieme aus. Dann folgte die Rückseite meiner Beine, wo die Gerte meine Haut gepeitscht hatte.

Und schließlich küssten sie meinen Hintern, kratzten mit ihren rauen Bärten über meine gezüchtigte Haut und besänftigten sie dann mit ihren Zungen. Ich wand mich, und sie hielten mich fest. Feste Hände packten meine Pobacken und spreizten sie, bevor Honig zwischen sie geträufelt wurde und sie mich auch dort leckten. Ich keuchte und presste mich in die Felle. Mein Rücken wölbte sich, um ihren Mündern meine sehnsüchtige Mitte anzubieten, obwohl ich gleichzeitig versuchte, mich ihnen zu entwinden.

Das Bett knarrte, als sie sich über mir aufrichteten. Finger streichelten meine feuchten unteren Lippen, und ich warf mich heftiger hin und her.

»Bitte, bitte ...«, wimmerte ich.

Jarl lachte leise. »Als ich gesagt habe, du würdest betteln, hätte ich nicht gedacht, dass es so bald kommen würde.«

»Bitte ...« Ich zitterte, als sie mich umdrehten. Fenrir kniete sich zwischen meine Beine. Sein Körper schimmerte im Schein des Feuers. Ohne nachzudenken, streckte ich mich nach ihm.

Er drückte meine Handgelenke nieder und streckte sich über mich. Sein Gewicht senkte sich auf meine verlangende Scham, gerade genug, um die Sehnsucht zu lindern. Sein Haar hing wie ein Vorhang über meinen Kopf, als er meinen Mund mit seinem einfing. Ich konnte mich nicht weit bewegen, aber alles in mir strebte nach oben.

»Na schön, Juliet. Wir geben dir, was du brauchst.« Und wieder küsste er meinen Körper, achtete darauf, mit der Zunge über meine wunden Stellen zu wirbeln und sie zu beruhigen. Mein Körper prickelte vor Empfindungen.

Fenrir legte den Kopf an meinen Oberschenkel und beobachtete mich, während er einen Finger in mich schob. Meine Zehen rollten sich so heftig ein, dass sie sich verkrampften.

»Sachte.« Fenrir streichelte zart mein Inneres. »Du musst nicht darum kämpfen. Atme einfach und nimm, was ich dir gebe.« Er zog die Finger zurück und richtete sich wieder auf, damit er mit dem Handballen meine triefende Mitte reiben konnte. Kleine Empfindungsfunken stiegen in mir auf und verdichteten sich zu einem lodernden Feuersturm. Mein Rückgrat bog sich bis kurz vor dem Brechen durch, als sich die Lust ballte und ballte. Meine Beine begannen, unkontrollierbar zu zittern.

Fenrir beobachtete mich immer noch eingehend. »So ist es gut. Unterwirf dich.«

Meine Schreie füllten meine Ohren aus, als die Ekstase aus mir hervorbrach. All die Schmerzen, die ich verspürt hatte, wurden von dem Sog verschlungen. Ich wurde durchgeschüttelt, taumelte hilflos im Sturm der Empfindungen. Mein Höhepunkt erschütterte mich mit seiner Wucht.

Fenrir drückte fest gegen meine Scham, hielt mich auf dem Bett.

»Ich bin dran«, kam mit knurrendem Unterton von Jarl. Ich nahm kaum wahr, wie Fenrir den Platz freigab, bevor ich fühlte, wie sich Jarl über mir ausstreckte. Er drückte meine Handgelenke genauso nieder wie zuvor Fenrir. Dann senkte er ein Knie und drückte es gegen meine immer noch pulsierende Mitte. Langsam wogte er über mir. Ich blinzelte, als hinter meinen Augen Funken aufstoben. Und als ein weiterer Höhepunkt über mich hereinbrach, setzte Jarl die Zähne an meinem Hals an und schrammte damit über meine Schlagader, schraubte mich damit noch höher.

JULIET

An den Rest der Nacht erinnerte ich mich kaum. Die Krieger bearbeiteten mich, bereiteten mir genauso viele ekstatische Empfindungen wie davor Schmerzen. Höhepunkt um Höhepunkt stürzte über mich herein. Ich kam so oft, dass es fast wieder an Schmerz grenzte und ich sie anflehte, aufzuhören.

»Noch einmal«, beharrte Fenrir. Jarl hielt mich fest, und ich brüllte mich heiser, während mir Fenrir mit den Lippen und der Zunge an meiner Mitte einen weiteren Höhepunkt bescherte. Meine Ekstase schwoll an, türmte sich auf wie eine gewaltige Welle, die unaufhaltsam wurde. Sie schwappte über mir zusammen, und ich verlor die Kontrolle über mich. Ich fühlte nichts mehr, sah nichts mehr, kannte nur noch Schwärze, als ich einschlief.

Als sie mich mit einem in warmes Wasser getauchten Tuch sauber wischten, wachte ich kaum auf. Ich erhaschte nur flüchtige Eindrücke meiner geröteten Haut, bevor meine Lider zu schwer wurden, um sie offen zu halten. Fenrir wickelte meinen schlaffen Körper in ein Fell. Die Krieger legten sich zu meinen beiden Seiten hin, streichelten abwechselnd mein Haar, und ich ergab mich dem Schlaf.

ALS ICH ERWACHTE, schien schwaches Licht auf mein Gesicht. Die Sonne stand hoch genug, um sich durch die Risse in der behelfsmäßigen Tür zu kämpfen. Ich hatte die Nacht durchgeschlafen und bis weit in den folgenden Tag hinein.

Jarl und Fenrir dösten neben mir. Ich lag immer noch eingerollt zwischen ihnen, obwohl das Fell von mir gerutscht war. Wir waren alle nackt, doch ich störte mich nicht daran. Tatsächlich wollte ich nunmehr meine Nacktheit mit diesen Männern teilen.

Langsam erhob ich mich, rutschte aus dem Bett und warf mir ein Fell um die Schultern, um die Kälte abzuhalten. Das Feuer war geschürt worden, und daneben stapelte sich frisches Holz. Die Krieger hatten darauf geachtet, dass es in der Hütte warm blieb. Mich hatten sie schlafen gelassen.

Barfuß eilte ich los, um etwas Wasser zu trinken und mich zu erleichtern. Zuerst fühlten sich meine Gliedmaßen wackelig und wie ausgewrungen an, aber nach einer kurzen Weile fand ich neue Kraft. Meine Beine und Brüste wiesen enttäuschend wenig an Spuren auf. Sogar mein Hinterteil war kaum gezeichnet. Meine Scham hatte den Großteil der Bestrafung abbekommen. Sie war rosa und geschwollen, aber während ich sie betrachtete, verlangte sie pulsierend nach mehr.

Den größten Unterschied bemerkte ich innerlich. Meine Brust fühlte sich leicht an, den Kopf hielt ich hoch erhoben. Das Gewicht, das ich mit mir herumgeschleppt hatte, war verschwunden. Der Schmerz hatte mein Inneres gesäubert.

Ich wusch mir das Gesicht und schüttelte das Haar aus.

Die Kälte biss mir in den Hintern, bis ich mich zurück ins Bett schlängelte. Die Krieger ließen keine Anzeichen erkennen, dass sie aufgewacht waren. Ich hätte nicht gedacht, dass sie so tief schlafen würden. Hatte unsere gemeinsame Nacht sie genauso sehr mitgenommen wie mich?

Schlafend wirkten sie weniger einschüchternd. Ich rollte mich zu Fenrir herum. Ein paar Strähnen hatten sich in seinem Bart verfangen, und ich wischte sie zurück. Fenrirs lange Wimpern zuckten zwar, abgesehen davon jedoch rührte er sich nicht, verharrte wie ein schlummernder Berg.

Jarl ließ ein unbehagliches Brummeln vernehmen, und ich drehte mich zu ihm herum. Seine Stirn war zerfurcht, also streichelte ich sie glatt. Die Runzeln verflachten unter meinen Fingerkuppen.

Ermutigt tat ich, was ich schon immer tun wollte. Ich fuhr die dunklen Umrisse seiner Tätowierungen nach, folgte den Linien mit einem Finger. Beim ersten Durchgang öffnete er die Augen einen Spalt, hielt mich aber nicht auf.

Zuerst untersuchte ich die Wirbel an seinem Unterarm, dann wechselte ich zu seiner Brust. Ein Grollen unter meiner Handfläche ließ mich die Hand zurückreißen.

»Hör nicht auf«, sagte Jarl mit vor Schlaf kehliger Stimme. Also machte ich weiter. Ich strich über die bemalte Haut, die sich über sein Schlüsselbein spannte, und fuhr die Erhebungen seiner Muskeln nach. Je tiefer meine Hand wanderte, desto schneller hob und senkte sich seine Brust. Seine Hüften bewegten sich, und ich zog mich zurück, berührte wieder sein Gesicht. Er schloss die Augen, als meine Fingerspitzen über seine Brauen strichen. Als er die

Lider öffnete, blinzelte ich, denn seine Augen leuchteten golden.

»Juliet«, brummte er und rückte näher. Mir sträubten sich die Nackenhaare. Ich war nur einen Herzschlag davon entfernt, unter ihn gezogen und genommen zu werden.

Lächelnd rieb ich mit einem Finger über seine Unterlippe. Er schnappte meine Fingerspitze mit den Zähnen. Das zarte Knabbern jagte einen knisternden Blitz durch mein Innerstes.

Ich war ihm nah genug, um seinen heißen Atem auf dem Gesicht zu spüren. »Warum hat deine Mutter dich ›Jarl‹ genannt?«

Er zog meine Hand zwischen uns nach unten. Ich spürte die raue Behaarung, die sich von der Mitte seiner Brust in tiefere Gefilde erstreckte. Meine Handfläche wanderte über seine harten Bauchmuskeln. Er breitete die Hand über meine aus, hielt sie gefangen. »Sie wollte, dass ich einer werde.«

»Ein Jarl?«

»Ja.« Er legte die Finger gespreizt über meine. Langsam begann er, unsere beiden Hände nach unten zu ziehen.

Er war im Begriff, mir etwas Bedeutsames zu erzählen. Worum es sich handelte, sollte ich besser herausfinden, bevor unsere Hände das beabsichtigte Ziel erreichten.

Ich leckte mir die Lippen, er senkte den Blick auf meinen Mund. »Warum?«

»Weil der Jarl mein Vater war. Aber meine Mutter war eine Sklavin.«

Ich atmete scharf ein und ließ Jarl unsere Hände ein Stückchen tiefer führen. »Was ist passiert?«

»Der Jarl hat nicht geglaubt, dass ich sein Sohn bin. Oder es war ihm egal.« Plötzlich beugte er sich so nah zu mir, dass seine Lippen beinah mein Ohr berührten. »Aber das war egal, denn ich bin gut aufgewachsen. Meine Mutter hat mich beschützt. Sie hat mich anständig erzogen. Viele Male hat sie ihr eigenes Essen geopfert, um dafür zu sorgen, dass ich nicht hungern musste. Und ich wurde zu einem Mann, größer und stärker, als es mein Vater je gewesen war.«

Mittlerweile ruhte meine Hand in der straffen Vertiefung oberhalb seiner Hüften. Seine Haut war so heiß, als würde ein Feuer in seiner Brust lodern. Sein Atem ging stoßweise, seine Muskeln wurden hart wie Stein. Aber er verharrte wie erstarrt.

Ich zog den Kopf so zurück, dass ich ihm in die Augen sehen konnte. »Hast du ihn getötet?«

»Nein.« Bedauern färbte Jarls Brummen. »Das hat mein Halbbruder getan, sein wahrer Sohn. Aber ich habe für meinen rechtmäßigen Platz gekämpft und ihn erobert. Für meine Mutter und mich. Siehst du, Juliet?« Seine Finger schlossen sich um mein Handgelenk. »Diese Welt gehört denjenigen, die stark genug sind, sie zu erobern. So ist es nun mal. Und so wird es immer sein.« Damit drückte er meine Hand nach unten, bis seine dicke Härte gegen meine Handfläche pulsierte. Raue Behaarung kratzte über meine Haut. Ich schluckte, aber Jarl zwang mich nicht zu mehr. Er hielt still und wartete.

»Denkst du daran, dir zu nehmen, was du willst?« Ich zog eine Augenbraue hoch.

Er nickte, aber seine Augen waren groß. Ich reckte das Kinn vor und bewegte mich ein Stück näher, um seine Lippen zu küssen. »Nein.« Ich lächelte ihn an und legte die Finger um seine steife Länge. »Du kannst dir nicht nehmen, was dir aus freien Stücken gegeben wird.« Damit lehnte ich mich weit genug zurück, um zu sehen, was ich tat, und staunte darüber, wie dieser mächtige Krieger unter der

Berührung durch meine Hand erbebte. Mein eigener
Körper geriet in Wallung, als ich mit den Fingern über ihn
glitt, die Adern entlang seines Schafts ertastete, die breite
Eichel erkundete und den Schlitz an der Spitze, aus der eine
Flüssigkeit wie Tautropfen austrat. Ich befreite die andere
Hand, damit ich ihn besser umfassen konnte. Meine Finger
konnten sich nämlich nicht ganz um ihn schließen. Mein
Daumen spielte mit der Spitze und löste sich nass davon.
Ohne nachzudenken, hob ich den Daumen zum Mund und
leckte ihn sauber.

Jarls gesamter Körper zuckte. »Juliet«, stieß er stöhnend
hervor und eroberte meinen Mund. Sein Kuss jagte
sengende Hitze durch mich. Ich wogte ihm entgegen,
presste den sehnsüchtigen Busen an seine Brust und wand
mich, um mich an ihm zu reiben.

»Zeig es mir«, flehte ich atemlos. »Zeig mir, was dir
gefällt.«

Er rollte mich auf den Rücken und richtete sich mit
seiner steifen Mannespracht in der Hand über mir auf.
Während ich zusah, bewegte er die Faust um die pralle
Härte langsam vor und zurück, bis die Eichel zuckte. Ich
setzte mich auf und berührte fasziniert die nässende Spitze.
Dann legte ich die rechte Hand über seine und ließ den
Arm von seinen Bewegungen führen.

»Jetzt du.« Er entfernte seine Hand und legte die meine
über seinen prallen Knüppel. Meine Finger nahmen sich im
Vergleich dazu winzig und blass aus. Als ich die Hand gleitend in Bewegung setzte, schwoll das Ungetüm weiter an.
Ich übte leichten Druck aus, und Jarl stöhnte. Als ich den
Kopf senkte, um die salzige Flüssigkeit von der Spitze zu
lecken, stieß Jarl abgehackte Flüche aus.

»Hat das wehgetan?«, wollte ich wissen.

»Nein«, brummte Jarl, aber seine Stimme klang gequält.

Von Fenrir ertönte ein leises Lachen. Der Krieger war aufgewacht und lag auf dem Rücken, hatte einen Arm hinter dem Kopf verschränkt und die Hand des anderen um seine lange Härte gelegt. »Mach es noch mal, Juliet. Es wird ihn umbringen.«

Sofort lockerte ich den Griff, doch Jarl legte die Hand auf meine. »Hör nicht auf.« Er bewegte meine Hand mit seiner, bis ich ihn schneller massierte. Seine Hüften zuckten und stießen seine Länge zwischen meine Finger. »Oh Juliet. Mach weiter so. Genau so.« Der erste Schwall Samen, der sich auf das Bett ergoss, ließ mich zusammenzucken. Jarl drückte mich nach unten und presste meine Hand so fest um ihn, dass ich das Gefühl hatte, ihn zu melken. Sein Erguss landete auf meinen nackten Bauch. »Ja ...«, murmelte er, ließ die Hand sinken und verschmierte die Flüssigkeit über meine Haut, über mein Schlüsselbein und zwischen meine Brüste. Dann hob er mir einen Finger an die Lippen, bis ich den Mund öffnete und kostete. Eine Mischung aus bitter und salzig benetzte meine Zunge.

»Komm her, meine Schöne.« Fenrir legte sich zurück. Ich kroch zu ihm, und er manövrierte mich herum. »Leg dich zwischen meine Beine.« Als ich es tat, schob er mir die Haare aus dem Gesicht. »Leck mich jetzt. Zart. Ohne Zähne.« Seine lange Mannespracht ruhte an seinem Bein. Ich nahm sie in die Hand und stülpte den Mund darüber, wirbelte mit der Zunge um die heiße Spitze. Er krallte eine Faust in mein Haar und bewegte meinen Kopf dorthin, wo er ihn haben wollte. Ich gab mein Bestes, um ihn aufzunehmen. Ein salziger Geschmack und Hitze erfüllten meinen Mund. Er stieß in meinen Rachen, bis ich würgen musste. Tränen traten mir in die Augen. Er wischte sie weg, murmelte tröstend und führte gleichzeitig meinen Kopf weiter nach unten, während meine Hände gegen das Bett drückten. »Braves Mädchen, so ist's gut.«

Er legte mich auf den Rücken und hockte sich rittlings über meine Brust. Seine mächtigen Oberschenkel drückten mich nach unten. Seine Muskeln spannten sich an, während seine pralle Härte vor meinen Lippen wippte. Ich holte tief Luft, öffnete den Mund für ihn und ließ ihn hineingleiten, vor und zurück. Seine Faust krampfte sich in meinem Haar so fest zusammen, dass sich ein Brennen über die Kopfhaut ausbreitete. Ich bemühte mich, flach zu atmen und ihn so tief aufzunehmen, wie ich konnte.

Keuchend schnappte ich nach Luft, als er sich zurückzog und sich vor meinem Gesicht massierte, bis er seinen Samen zwischen meine Brüste spritzte. Mein Brustkorb hob und senkte sich, als Fenrir dasselbe tat wie zuvor Jarl und die Flüssigkeit auf meiner Haut verteilte. Eine Art Taufe. Ihre Essenz bedeckte mich, beschichtete mich.

»Was willst du, Juliet?« Jarl kniete sich neben mich. Seine Härte ragte immer noch prall aus dem Nest dunkler Behaarung zwischen seinen Beinen. Meine Mitte pulsierte bei dem Anblick.

»Euch«, murmelte ich im Flüsterton. »Ich will euch.« Und damit spreizte ich die Beine.

Jarl schlang die große Pranke wie eine Schelle um mein Fußgelenk. »Bist du sicher, dass du das willst?« Er neigte sich über mich und klatschte mir auf die Hinterbacken. Ich wand mich, als sich er und Fenrir zu meinen beiden Seiten hinknieten. Sie versohlten mir abwechselnd den Hintern, bis sowohl durch ihn als auch durch meine Scham Hitze flutete, dann drehten sie mich wieder um. Fenrirs Körper bedeckte mich, und ich hob die Hände, legte sie auf seine Schultern. »Ich will euch.«

»Wenn wir dich nehmen, gibt es kein Zurück mehr.« Er

wogte über mir, rieb seine Mannespracht an meiner Pforte. Ich schlang die Beine um seine Hüften, zog ihn näher und bettelte um mehr. »Wir werden dich nicht mehr gehen lassen.«

»Dann lasst mich eben nicht gehen«, gab ich zurück. »Ich gehöre euch.«

JARL

Juliet lag schwer atmend auf den Fellen. Ihr kleiner Körper schimmerte mit dem Perlmuttglanz unseres Samens. Sie trug von Kopf bis Fuß unseren Geruch. *So, wie es sein sollte,* flüsterte die Bestie, und ich stimmte ihr zu.

Fenrir streckte sich über sie. Sein Schwanz rieb an ihrer Pforte. Lust rötete die Wangen unserer kleinen Nonne. Ihre dunklen Locken klebten an ihrer verschwitzten Haut. Zwischen ihren Beinen zeichneten sich die unteren Lippen dunkelrosa und prall von all der Aufmerksamkeit ab, die wir ihr geschenkt hatten. Sie hatte noch nie schöner ausgesehen.

Juliet ist zierlich. Es wird schwierig für sie, uns aufzunehmen, meinte Fenrir in meinen Gedanken.

Ich tue es, Bruder, wenn du dich scheust.

Fenrir warf mir einen Blick zu, und ich fletschte ihm die Zähne entgegen. Hitze flutete meinen Körper, und meine Haut kribbelte. Fell breitete sich über meinen Rücken und meine Arme aus – die Bestie überkam mich. Wir mussten es mit unserer Gefährtin treiben, und zwar bald.

Er setzte sich auf die Fersen zurück und ertastete ihre Pforte mit den Fingern. »So klein und eng.«

Juliet knurrte und streckte die Hüften hoch. »Tut es«, verlangte sie.

Fenrir schauderte. Auch seine Kontrolle geriet ins Wanken. »Es wird wehtun, Kleines.« Seine Stimme klang kehlig, unmenschlich.

»Ich bin stark.« Juliets Körper zuckte seinen Fingern entgegen.

Mit einer fließenden Bewegung streckte sich Fenrir wieder über sie, fasste nach unten und spreizte sie, damit sie ihn aufnehmen konnte. Ein Beben ging durch seinen großen Körper, als er in sie eindrang. Es folgte eine Pause, in der sowohl Juliet als auch Fenrir auf den dicken Knüppel starrten, der ihre zierliche Pforte langsam pfählte. Mein Kriegerbruder zog sich zurück, und sie packte ihn fester. Ihre Nägel brachten ihn zum Bluten.

Sein Gesicht straffte sich vor Anspannung, als er behutsam wieder an ihren Eingang klopfte.

»Gib ihn mir«, befahl Juliet.

»Geduld, Kleines.«

»Nein«, entgegnete sie knurrend. »Ich habe schon gewartet ...«

Er stieß mit den Hüften vorwärts und rammte sich in sie. Juliet schnappte nach Luft und krallte sich an seinen Schultern fest.

»Warte«, presste Fenrir hervor. »Dehn dich für mich. Spürst du das? Ich bin in dir.«

Juliet krümmte sich ihm entgegen. Ihre Zähne suchten seine Schulter, und als sie ihn nicht erreichen konnte, schrammten ihre Zähnen stattdessen über seine Brust und bissen in den Muskel. Er brüllte auf und wogte in sie. Juliet schrie. Ihre Nägel kratzten über seinen Rücken.

»Fast geschafft«, presste er knurrend hervor.

»Ein kurzer Schmerz, danach tut es nie wieder weh«, versprach er ihr. Damit versenkte er die Zähne in ihrer linken Schulter.

Juliet brüllte, und ihr Schmerz knisterte entlang der Ränder meines Bewusstseins. Er wusch meinen Geist sauber. Befriedigt zog sich die Bestie zurück. Die Fangzähne pulsierten in meinem Mund.

Es ist gut, Bruder. Du hast es richtig gemacht. Als Nächstes würde ich an der Reihe sein. Ich würde ihre zierliche Gestalt in den Armen halten und in ihrer weichen Herrlichkeit versinken. Ich würde ihre Unschuld beanspruchen. Und ich würde sie zeichnen, damit sich niemand fragen würde, zu wem sie gehörte.

JULIET

Ich bekam es kaum mit, als sich Fenrir von mir löste und Jarl seinen Platz über mir einnahm. Mein Körper fühlte sich geöffnet an, entfaltet wie eine Blüte, und ich fand nichts dabei, die Beine zu spreizen und Jarl in mir aufzunehmen. Er stützte sich mit den tätowierten Armen zu beiden Seiten meines Kopfs ab. Als er in mich glitt, beugte er sich herab und bohrte die Zähne in meine rechte Schulter, biss mich so wie zuvor Fenrir auf der anderen Seite.

Es ist vollbracht. Die Stimme ertönte tief in meinem Geist. Eine Gegenwart am Rand meiner eigenen Gedanken. Jarl und Fenrir. Und hinter ihnen eine dunkle Gestalt, größer als der Himmel, eine Schwärze, die alles auslöschte, was sie berührte. Die Bestie. Ich schrak zurück und stellte fest, dass ich nach wie vor auf dem Rücken im Bett lag, gefangen vom Körper eines riesigen Kriegers.

Ein Knurren grollte tief in Jarls Brust. Ich krallte an seinem Rücken, zeichnete ihn auf meine Weise. Die dunklen Wirbel und Muster seiner mit Tinte gefärbten Haut füllten mein Sichtfeld aus, als er sich über mir bewegte. Seine Brust- und Bauchmuskeln spannten sich in einem hypnotisierenden Rhythmus an. Wo die Tätowierungen endeten, begann eine Linie dunkler Behaarung, die sich bis hinunter bis zu dem krausen Busch um seine Mannespracht erstreckte. Ich griff hinab und berührte die Stelle, an der er mit mir verbunden war. Er legte die Hand über meine und rieb sie, ertastete die Stelle, die ein weiß-glühendes Lodern auslöste. Ein Blitz zuckte mir durch die Beine. Ich schrie und stürzte zurück an den dunklen Ort in meinem Kopf, an dem sich die Bestie erhob und mich verschlang. Ich wurde verzehrt, Dunkelheit brach über mich herein. Aber ich empfand nur Ekstase. Höhepunkte schüttelten meinen Körper durch. Als ich den Mund öffnete, wurden meine Schreie von der Nacht verschluckt.

Juliet? Die Stimmen von Fenrir und Jarl.

Ich bin hier. Irgendwie lebte ich noch.

Komm zu uns zurück.

Ich klammerte mich an ihr beruhigendes Flüstern wie an eine Leine und ließ mich davon zurück ins Bewusstsein ziehen. Zwei besorgte Gesichter schwebten über mir.

»Ich habe sie gesehen. Die Bestie.«

»Sie ist nie weit entfernt. Aber sie wird dir nicht wehtun.«

»Ich weiß.« Seit unserer ersten Begegnung hatte ich mich nie vor ihnen gefürchtet. Ich hatte immer gewusst, dass ich bei ihnen in Sicherheit war. Obwohl ich das Schlimmste in ihnen gesehen hatte – die Bestie –, wusste ich, dass sie alles tun würde, um mich zu beschützen.

Die beiden besorgten es mir abwechselnd. Wieder und wieder, bis tief in die Nacht hinein. Ein Kribbeln breitete sich unter meiner Haut aus, belebte meinen wunden Körper. Die Magie, die sie zu Monstern machte, vervollständigte mich.

Du bist der beste Teil von uns, teilten mir die Krieger mit. Eng umschlungen lagen wir beisammen, als die Sonne aufging. Und als sich Licht über die Welt ausbreitete, schlief ich in den Armen meiner Krieger ein.

JULIET

Ich wachte allein in schwachem Licht auf. Jarl und Fenrir mussten losgegangen sein, um Brennholz zu holen oder Nahrung zu jagen. Ich wusste nicht, ob der Morgen oder der Abend dämmerte oder ob ich einen Tag oder ein Jahr geschlafen hatte. Das wunde Gefühl zwischen meinen Beinen erinnerte mich daran, was ich getan hatte.

Ich setzte mich auf und versuchte, mit den Fingern durch mein Haar zu kämmen, aber es erwies sich als zu verworren. Mein Gewand war verschwunden, zerrissen. Ich war nackt, barfuß und fror. Das Bett war noch warm von den Körpern der Krieger, aber ich konnte nicht dorthin zurückkehren. Die Schönheit unserer gemeinsamen Nacht war zerschmettert.

Was hatte ich nur getan? Ich hatte mein Gelübde gebrochen.

Wie benommen wankte ich von der Hütte weg. Kaum war ich nach draußen getreten, schmerzten meine Sohlen vom kalten Boden, aber ich begrüßte es als Buße für meine Handlungen. All das herrliche Glühen, das mich nach meiner Züchtigung erfüllt hatte, war verschwunden. Ich fühlte mich innerlich kahl, leer. All das Gute war weg, nur das Hässliche blieb. Nur ich.

Untröstlich sank ich zu Boden und bedeckte mit den Händen das Gesicht. Alles in mir quoll hoch, und ich schluchzte.

So fand mich Jarl, zusammengekauert und weinend im Schlamm. Fluchend ließ er das von ihm gehackte Feuerholz fallen und eilte zu mir, wickelte mich in sein Gewand und trug mich in die Hütte. Er legte mich eingemummt auf dem Bett ab, bevor er mich verließ, um das Feuer höher zu schüren.

Ich rollte mich auf die Seite und weinte, während er auf und ab lief. Eine Welle von Magie, und ich spürte die dunkle Gestalt der Bestie, die wie ein wildes Tier am Eingang einer Höhle hin- und herschlich.

Wenig später kehrte auch Fenrir zurück und löste sich aus den Schatten. Seine Form war menschlich. Er spürte das Drängen der Bestie, gab ihr aber nicht nach. Behutsam legte er die zwei erbeuteten Kaninchen auf einem Stein am Feuer ab. Dabei bewegte er sich langsam, als wollte er uns beide nicht erschrecken. *Was ist passiert?,* fragte er, als Jarl an ihm vorbeiging.

Sie lehnt uns ab. Sie glaubt, dass sie gesündigt hat.

»Beruhig dich, Bruder.«

Sie darf uns nicht verlassen!, brüllte Jarl.

»Wird sie nicht«, beruhigte Fenrir. Er bewegte sich zwischen mich und das Feuer. Nach einer Weile sank sein Gewicht neben mir auf das Bett. »Juliet, komm her.«

Ich stieß ihn weg, aber er hob mich auf seinen Schoß. Er aß und trank, begegnete meinem Widerstand mit ruhiger Geduld.

»Also«, sagte er, als auch ich mich satt gegessen und

getrunken hatte. »Sag mir, warum du so durcheinander bist.«

»Ich bin nicht mehr Juliet«, erwiderte ich mit tonloser Stimme. »Ich bin jemand anders.«

»Nein.« Er küsste meine Schulter. »Du bist immer noch du.«

»Ich bin aufgelöst.« Ich schob mir das Gewirr meiner Haare zurück, aber sie fielen mir wieder ins Gesicht. Fenrir bewegte sich hinter mir. Mit geduldigen Händen bündelte er mein Haar hinter dem Kopf und begann, die Strähnen zu bürsten.

»Die Äbtin hatte recht.« Meine Stimme wurde vor Kummer belegt. »Ich bin eine wilde, eine sündige Kreatur.«

»Du wurdest wild geboren, aber du bist nicht sündig.« Fenrir beugte sich vor und küsste meine Schulter. »Wir haben die Bande gelöst, die dich gefesselt haben. Jetzt bist du frei.«

»Wie kannst du das sagen?« Ich rieb mir die Brust. Ich fühlte mich nicht frei. Vielmehr fühlte ich eine große Last auf der Brust und Steine im Herzen.

Warum diese Reue? Jarl sprach direkt in meinen Gedanken. *Dein Priester wollte aus dir jemanden machen, der du nicht bist.*

»Aber ich bin verrucht!«, rief ich.

»Das sagst du. Nur sehe ich in dir nichts Verruchtes. Wo ist dein Beweis?« Er fing meine Hand ab, als ich mir Furchen in die Brust kratzen wollte, und er schloss die riesige Pranke um meine Finger.

Ich saß auf seinem Schoß und zitterte wie ein Kaninchen in der Falle. »Ich habe mit zwei Männern geschlafen.«

»Wir haben dich gezwungen, weißt du nicht mehr? Du hattest keine Wahl.«

Das stimmte nicht ganz, und wir wussten es beide. Aber das konnte ich nicht aussprechen. »Spielt keine Rolle.«

»Juliet.« Fenrir seufzte. »Sieh dir Jarl an.«

Der tätowierte Krieger hatte sich vollständig in die Bestie verwandelt. Das riesige Monster füllte den Eingang der Hütte aus. Das Haupt des dunkel behaarten Kopfs berührte beinah den Sturz. Die Gestalt versteifte den Körper und wölbte den Rücken, als würde sie jeden Augenblick die Schnauze gen Himmel strecken und heulen.

»Sag ihm, er soll zu dir zurückkommen«, verlangte Fenrir.

Ich teilte die Lippen, und Fenrir schob mir zwei Finger in den Mund, brachte mich zum Schweigen. *Nicht so,* ertönte seine tiefe Stimme in meinem Kopf.

Jarl. Angestrengt bündelte ich die Gedanken. Ich hatte ein Monster im Kopf, eine dunkle, zornige Gestalt. Verletzt, verlassen. Mein Herz brach. *Komm zu mir zurück.*

Vor meinen Augen richtete sich die Bestie auf. Das Fell verschwand. Zurück blieben eine glatte Kieferpartie und Jarls scharf geschnittene Nase. Der Mann Jarl kam aus der Gestalt der Bestie hervor. Die letzten Wirbel aus schwarzem Fell zogen sich in die dunklen Linien auf seiner Brust zurück. Nackt streckte er sich und grinste, als er mich beim Hinstarren ertappte.

»Siehst du?«, murmelte Fenrir. »In deiner Gegenwart ist die Bestie ruhig.«

Jarl hob die behelfsmäßige Tür hoch, stellte sie vor die Öffnung und versperrte die Sicht auf die Nacht draußen. Er kehrte zum Bett zurück, legte sich neben mich, ergriff meine Hand und drückte sie. Ich nahm seine Pranke und hielt sie fest, betrachtete sie und untersuchte sie auf Spuren von Krallen oder Fell. Aber es war eine normale Hand.

»Gezähmt von deiner Stimme«, sagte Jarl. Er klang beinah selbstgefällig, aber ich verstand nicht, warum.

»Du heilst uns«, erklärte Fenrir und schob mich so von seinem Schoß, dass ich zwischen ihnen zum Liegen kam. »Du besitzt diese Macht. Warum willst du das leugnen?«

Ich schüttelte den Kopf. Ich war so müde. »Der Priester hat gesagt ...«

»Der Priester ist tot«, fiel mir Jarl knurrend ins Wort. Er klang immer noch wie die Bestie. »Thorbjorn hat ihn getötet.«

Fenrir packte mich am Arm. »Der Priester wurde für seine Sünden gegen Salbei bestraft, Thorbjorns Gefährtin. Der Mann war böse, Juliet. Er war weder keusch noch rein. Er hat dieselben Gesetze gebrochen, die er dir gepredigt hat.«

Stimmt das? Ich musterte suchend die Gesichter von Fenrir und Jarl. Aber ich musste gar nicht bei ihnen suchen. Ich hatte meine eigenen Erinnerungen an meine Zeit im Kloster, zuerst als Waisenkind, dann als Nonne. Ich hatte nach Regeln der Armut und Keuschheit gelebt, ihr Gewicht getragen und war von ihnen gebrochen worden. Und doch war der Mann, der nie eine Gelegenheit ausgelassen hatte, mich brüllend der Sünde zu bezichtigen, abscheulicher Missetaten schuldig gewesen.

Meine Züge fielen in sich zusammen. »Alles, was ich gekannt habe, war eine Lüge.«

»Das war es, kleine Gefährtin. Aber jetzt bist du frei.«

»Nein.« Ich stöhnte durch den Schmerz in meiner Brust. »Ich weiß nicht, wie man frei lebt.«

Fenrir lehnte sich zurück. Eine lange Weile schwieg er, dachte über meine Worte nach. »Dann binden wir dich an uns. Auf die eine oder andere Weise.«

ICH TRÄUMTE VON EINEM MONSTER, das durch den Wald brüllte. Die dunkle Gestalt stürmte auf die magische Grenze am Fuß des Bergs zu. Die Toten des Feinds griffen sie an und fielen. Gliedmaßen brachen wie trockene Äste, und der Geruch von verwesendem Fleisch stieg in erstickenden Wellen auf ...

MIT EINEM RUCK erwachte ich und fuchtelte durch die von Sonnenlicht erhellte Luft. Ohne mich in der Hütte umzusehen, wusste ich, dass Jarl verschwunden war. Das Feuer war erloschen, und zuerst fürchtete ich, beide Krieger könnten mich im Stich gelassen haben. Dann erschien Fenrir an meiner Seite.

»Komm her, Juliet. Die Sonne steht hoch am Himmel.«

»Wohin ist Jarl gegangen?« Ich umklammerte das Fell. Mein Körper zitterte immer noch, als rechnete er damit, jeden Moment von einem Feind angegriffen zu werden.

»Er ist vorausgegangen, um einen Weg für uns freizumachen.« Fenrir legte ein neues Kleid auf das Bett neben mir. Ich berührte es, bevor ich mich zurückhalten konnte, so sehr staunte ich über das feine Wollkleid. Das satte Violett wirkte als Farbe für eine schlichte Frau zu fein. Viel zu fein für ein Waisenmädchen, das zur Nonne geworden war. Obwohl es den Berserkern egal sein würde. Sie brachten mir ein Kleid, das sich für eine Königin eignete, und ich musste es tragen. Alle meine anderen Sachen hatten sie in Fetzen gerissen.

»Was soll das heißen, Jarl macht den Weg für uns frei?«, fragte ich, während ich mich anzog.

»Wirst du bald sehen.« Fenrir holte ein Paar pelzgefütterter Stiefel hervor und kniete sich hin, um sie mir über die

Füße zu stülpen. Er zog mich hoch und fuhr mit den Händen meinen Körper entlang nach unten. Seine Finger streichelten über die Wolle, und für mich fühlte es sich an, als berührte er meine nackte Haut. Mein Körper summte unter seiner Berührung eine Melodie, die nur er spielen konnte.

Allzu bald entfernte er die Hände. »Komm. Wir brechen heute auf.«

»Wohin gehen wir?« Ich wackelte in den neuen Stiefeln mit den Zehen.

»Du wirst schon sehen.« Er grinste, und ich blinzelte bei dem Anblick. Ich sah ihn selten lächeln.

Mit Fenrirs Hilfe flocht ich meine Haare zu einem dicken Zopf. Er schulterte einen großen Rucksack und rückte seinen Gürtel zurecht, überprüfte das lange Messer und die Axt an seiner Taille. Dann nahm er meine Hand und führte mich aus der Hütte, hinaus in den Tag. Wir bogen den Bergpfad hinunter, aber statt der Grenzlinie auszuweichen, marschierte er mit mir geradewegs darauf zu. Von den Grauen – den toten Wesen, die der Totenkönig für seine Armee auferweckt hatte – fehlte jede Spur. Trotzdem drehte sich mir der Magen um, je näher wir der Grenze der schützenden Blase der Hexen kamen.

»Ist das auch sicher?« Ich berührte mit einer Zehe den Übergang zwischen der lebenden Wiese und dem aufgewühlten Schlamm, wo viele *Draugr* patrouilliert hatten.

»Jetzt schon.« Fenrir ergriff mit einer Hand die meine und mit der anderen ein langes Messer. »Aber wir müssen uns beeilen.« Er zog mich über die Grenze. Ich fühlte, wie die Magie über mein Gesicht wogte, als wäre ich durch einen Vorhang aus Wasser getreten. Als wir auf der anderen Seite herauskamen, schnappten wir nach Luft.

»Lauf.« Fenrir grinste immer noch, als wäre alles nur ein

Spiel. War er verrückt? Wir rasten zu den Bäumen. Meine Füße pochten über den Boden, und meine neuen Stiefel leisteten mir gute Dienste.

Wir erreichten die Baumgrenze, rannten aber weiter. Erst, als wir uns tief in einem Kiefernwäldchen befanden, ließ er zu, dass wir langsamer wurden. »Wo sind die *Draugr*?«, wollte ich wissen.

»Jarl hat sie weggelockt.«

Jarl? Ich erschrak. Sobald sein Name in meinem Kopf auftauchte, antwortete er.

Ich bin hier. Er antwortete mit der Stimme der Bestie und übermittelte mir ein Bild in den Kopf. Ich sah seine monströsen Arme und Pfoten. Er stand auf einer Lichtung auf eine doppelschneidige Axt gelehnt. Zu seinen Füßen lagen Haufen von Gebeinen. Die Grauen, vernichtet.

Es gibt noch mehr. Ich wittere eine weitere große Streitmacht, die anmarschiert, um den Berg zu umzingeln. Aber ich habe den Weg für euch freigemacht.

»Komm, Juliet.« Fenrir nahm sein Bündel ab. Er ging in die Hocke und ließ mich auf seinen Rücken klettern. »Leg die Arme um meinen Hals. Wir haben noch mehrere Wegstunden vor uns, und wir müssen bis zur Abenddämmerung zurück sein.«

Ich hielt mich an ihm fest und schlang die Beine um seine Taille. Er hievte mich näher, dann brach er auf. Der Wald verschwamm.

So reisten wir mit Berserkergeschwindigkeit mehrere Stunden lang. Fenrir hielt nie an und schien nie zu ermüden.

»Würdest du mir wohl sagen, wohin wir gehen?«, fragte ich, als er mich an einem Bach trinken und die verkrampften Beine ausstrecken ließ.

»Nein. Das würde die Überraschung verderben.« Er hob mich wieder hoch.

»Dann sag mir wenigstens, wie lange es noch dauert«, murrte ich.

»Erzähl mir eine Geschichte«, forderte er mich auf, als er sich in Bewegung setzte.

»Eine Geschichte? Worüber?« Ich verschloss die Augen vor den Bäumen, die in schwindelerregender Geschwindigkeit vorbeizogen.

»Über irgendetwas. Über dich.«

Ich biss mir auf die Unterlippe. Es gab keine Geschichten, die ich über mich erzählen wollte. Aber ich hatte den Waisenkindern oft Geschichten erzählt. »Es war einmal ein Mann namens Jona, und er war ein Prophet. Aber er lief vor Gott davon und versuchte zu entkommen, indem er über das Meer segelte ...«

Die Sonne stand hoch am Himmel, als wir auf eine Wiese voller Blumen kamen, und Fenrir ließ mich endgültig runter. Meine Stimme war heiser vom vielen Reden. Ich hatte die Geschichte von Jona und dem Wal, Noah und der Arche, Bileam und der Eselin und Gideon und seiner Armee erzählt. Die Geschichten mit Kämpfen gefielen Fenrir am besten.

Ich bog den Rücken durch und schwang die Arme, um die verspannten Muskeln zu lockern. Fenrir hatte mich in einem Glockenblumenfeld abgestellt. Ich bückte mich, um einige Blumen auszuwählen. Als ich mich aufrichtete, trat eine große, dunkle Gestalt aus den Schatten.

Jarl. Das Sonnenlicht schimmerte auf seinen nackten Schultern, als er auf mich zukam. Er trug eine zerlumpte Hose und hielt einen Schild sowie eine doppelschneidige Axt. Aber er stand vollständig als Mensch da. Ich seufzte, als er die Waffe ablegte und meine Hand ergriff.

»Ich habe geträumt, du wärst ein Monster.«

»Ich bin ein Monster.« Er küsste meine Finger. Sie waren kalt, und er zog sie an sich, wärmte sie mit seinem Atem. »Aber mehr als das, ich bin dein.«

»Du hast die Geschichten verpasst«, sagte ich und zog die Hand zurück.

»Habe ich nicht. Fenrir hat sie mit mir geteilt. Die von Gideon hat mir am besten gefallen.« Jarl zwinkerte mir zu und trat zurück, als sich Fenrir näherte.

»Gut gekämpft«, lobte Fenrir seinen Kriegerbruder und warf Jarl ein Paar Stiefel und ein Lederwams zu. Schnell zog sich Jarl an. Das Wams war ebenso neu wie das Paar Stiefel, aber der gut gekleidete Mann, der beides trug, wirkte dennoch kaum zivilisierter als der halbnackte Krieger, der aus dem Wald gekommen war. Vor allem, als er sich Schild und Axt auf den Rücken schnallte.

»Kämpfst du gern?«, fragte ich.

»Ja.« Jarl nahm wieder meine Hand.

»Bist du deshalb ein Berserker geworden?«

»Ja«, bestätigte er nüchterner. »Aber das war nicht dasselbe.«

Ich legte den Kopf schief. »Wie meinst du das?«

»Jetzt haben wir jemanden, für den es sich zu kämpfen lohnt.« Er zog mich an sich und packte mich am Ansatz meines Zopfs. Dann küsste er mich, und sein Bart kratzte mein Gesicht. Erobernd schob er mir die Zunge in den Mund. Ich japste, als er mich nach Luft schnappen ließ.

Fenrir räusperte sich laut. »Nicht hier, Bruder. Noch nicht.«

Ich runzelte die Stirn und fragte mich, was er damit meinte. Jarl lachte und ließ mich los. »Noch ein Stück weiter, Juliet.«

Fenrir trug ebenfalls Wams, Stiefel und Hose von zuvor,

hatte jedoch alles vom Schlamm befreit. Das lange Haar hatte er sich zurückgebunden. Grinsend strich er mit dem Daumen über die rauen Stellen um meinen Mund. Er hob die Glockenblumen auf, die mir aus der Hand gefallen waren, und klemmte mir eine lose Strähne hinters Ohr.

»Was geht hier vor sich?«, fragte ich. Mittlerweile grinsten beide Krieger, pressten aber bei meiner Frage die Lippen zusammen. Sie verheimlichten mir etwas.

»Du wirst schon sehen.« Fenrir bedeutete mir, ihnen zu folgen. Er nahm meine rechte Hand, Jarl die andere.

»Es ist eine Überraschung.«

»Wird mir diese Überraschung gefallen?«

»Ja. Hoffen wir zumindest.«

Seufzend ließ ich mich von ihnen mitziehen. Als wir die Wiese im Wald verließen, steckte mich ihre Aufregung an, und ich trabte vergnügt zwischen ihnen mit. Wir gelangten zu einer Lichtung mit einer kleinen Hütte aus Stein. Meine Schritte verlangsamten sich, aber Fenrir und Jarl führten mich geradewegs darauf zu.

»Hallo? Wer ist da?« Ein Mann wieselte heraus. Er trug eine Mönchskutte. Sein Schädel mit der Tonsur glänzte im Licht.

»Vater, wir sind hier, um unsere Gelübde zu sprechen«, kündigte Fenrir mit seiner tiefen Stimme an. Er nahm mich am Arm und zog mich neben sich. Mein Mund stand offen. Der des Ordensbruders auch. Mit großen Augen betrachtete er die riesigen Krieger – ihre Aufmachung, ihre schimmernden Waffen.

»Um im heiligen Stand der Ehe vereint zu werden?«

»Ja«, bestätigte Jarl und schaute mit hochgezogener Augenbraue zu der winzigen Kapelle. »Ich möchte nach der Tradition eures Gottes vermählt werden.«

Der Priester öffnete und schloss den Mund erst einmal,

dann noch einmal. Er wirkte wie ein gestrandeter Fisch. »Natürlich, natürlich. Und bist du in der Heiligen Kirche getauft?«

»Ja«, log Jarl.

Ich musste ein Geräusch von mir gegeben haben, denn Fenrirs Hand verstärkte den Griff um meine.

»Wenn die Antwort nein wäre«, fragte Fenrir, »würdest du die Riten trotzdem vollziehen?«

»Äh ... nun ja ...«, stammelte der Priester. »Ich darf nur zwei in den Augen Gottes Getaufte vereinen.«

»Sie dient deinem Gott.« Fenrir zeigte auf mich.

»Ich bin getauft«, sagte ich.

»Aha. Dann ist es ja gut.« Der Priester räusperte sich. »Man soll nicht unter fremdem Joch ziehen. Das sagt der Apostel Paulus.«

»Pah.« Jarl schnaubte. »Niemand zieht ein Joch.«

Meine Wangen loderten.

»Vielleicht, Vater, wäre eine Ausnahme möglich«, schlug ich leise vor.

»Vielleicht. Ja, vielleicht«, stimmte der Mönch mir zu, holte ein Tuch hervor und wischte sich das Gesicht und den kahlen Schädel ab.

Fenrir trat vor. Der Ordensbruder zuckte zusammen, als der riesige Krieger die Faust hob, aber er erkannte schnell, was Fenrir in der Hand hielt: einen Lederbeutel voller Münzen. Schweigend drehte Fenrir den Beutel um und ließ die Münzen herausrieseln. Sie landeten klimpernd am Boden, ein kleiner Haufen Gold. Der Ordensbruder sah ihn blinzelnd an.

»Vermutlich ist es in Ordnung.« Der Mann nickte mit dem kahlen Kopf. »Möchtet ihr hineingehen?«

Jarl setzte eine Grimasse auf und zog den Kopf ein, um

durch die Tür der Kapelle in den dunklen, feuchten Raum dahinter zu blicken.

»Nein«, sagte er, und ich verbarg ein Lächeln. Seine Schultern würden kaum durch die Tür passen. Jarl und Fenrir zusammen würden unmöglich drinnen Platz finden.

Mein Lächeln verschwand. Welchen Krieger würde ich heiraten? Aber spielte es eine Rolle?

»Nun denn«, meinte der Priester, den Blick fest auf das Gold gerichtet. »Einen Moment. Wartet genau hier.« Er verschwand in der winzigen Kirche und kehrte mit einem schweren goldenen Kreuz, einem Becher Wein und einem kleinen Teller zurück, der die Hostien enthielt. Er stellte alles auf die Steinmauer. »Möchtet ihr sofort beginnen?«

»Ja«, antwortete Jarl. In seiner Stimme schwang ein Knurren mit.

»Ja, danke, Vater«, sagte ich und ergriff Jarls Hand. *Bitte verwandle dich nicht in die Bestie.*

Jarl blickte mit einem goldenen Schimmer in den Augen auf mich herab. Fenrir hatte sich hinter uns gestellt. Durch eine unausgesprochene Vereinbarung wurde es so geregelt. Ich würde Jarl heiraten.

»Sehr gut.« Der Priester rieb sich vor Aufregung praktisch die Hände. »Zuerst müsst ihr eure Sünden bekennen und die Absolution erlangen.« Er wandte sich an Jarl und bedeutete dem Krieger, sich mit ihm ein paar Schritte zu entfernen, damit sie ungestört wären.

Jarl rührte sich nicht vom Fleck. »Was für Sünden?«

»Alle deine Sünden.« Der Priester eilte zurück und stellte sich vor uns, als ihm klar wurde, dass der Krieger ihm nicht folgte. »Wie lange ist es her seit deiner letzten Beichte?«

»Eine lange Zeit«, antwortete Jarl langsam und strich sich über den Bart.

»Jahrzehnte«, murmelte Fenrir lachend, und ich runzelte die Stirn.

»Das ist schon in Ordnung«, meinte der Priester ermutigend. »Du kannst sie zusammenfassen.«

Jarl rieb sich immer noch das bärtige Kinn. »Was genau zählt als Sünde?«

Die Augen des Priesters traten hervor. »Nun ja ...«, sagte er nach einer Pause. »Das Übliche. Es gibt viele Arten von Sünden ...«

»Kannst du mir eine Liste geben?«

Der Priester holte tief Luft. »Nun, zum einen gibt es schwere Sünden. Ehebruch, Unzucht, Unreinheit, Lüsternheit, Götzendienst, Hexerei, Hass, Abweichung, Wetteifer, Zorn, Zwietracht ...« Er verstummte, als Jarl zu nicken begann.

»Ist das alles?«, fragte Fenrir.

»Äh, nein. Es gibt auch noch Ketzerei, Neid, Trunkenheit ...«

»Das habe ich auf jeden Fall gemacht«, sagte Jarl.

»Schwelgerei ...« Die Stimme des Priesters wurde etwas zittrig. »M-Mord ...«

»Das auch«, sagte Jarl.

Gleichzeitig fragte Fenrir: »Was ist mit Krieg?«

»Was soll damit sein?« Der Priester tupfte sich mit einem Tuch die glänzende Stirn ab.

»Na ja, wir haben viele Männer getötet. Aber war es Mord?« Fenrir rieb sich das Kinn. Der Ordensbruder sah aus, als könnte er jeden Augenblick in Ohnmacht fallen.

»Spielt keine Rolle.« Jarl zuckte mit den Schultern. »Ich bin mir ziemlich sicher, dass ich auch ein paar Männer abseits einer Schlacht ermordet habe. Nur so zum Spaß. Sind das alle Sünden?«

Der Ordensbruder leckte sich die Lippen. »Nein. Das

sind nur die Schwersten. Es gibt auch noch Laster. Stolz, Geiz, Neid, Zorn, Begierde ...«

Jarl schwenkte die Hand. »Ich denke, es geht schneller, wenn wir einfach sagen, ich habe sie alle begangen.«

»Wir haben nicht viel Zeit«, fügte Fenrir hinzu.

»Schon gut. Schon gut.« Der Ordensbruder sah aus, als würde er am liebsten in die Kirche zurückrennen und sich verstecken. Er wich zurück, ergriff das Kreuz, hob es an und schwenkte es zwischen sich und dem tätowierten Krieger. »Ich erteilte dir die Absolution. Im Namen des Vaters, des Sohnes und des Heiligen Geistes.« Er legte das Kreuz beiseite, nahm die Schale und schnippte Weihwasser auf Jarl, der das Gesicht verzog und die Tropfen wegwischte.

»Was ist das?« Fenrir beugte sich zu mir, um mir die Frage zu stellen.

»Weihwasser«, flüstere ich zurück. »Es symbolisiert das Wegwaschen der Sünden.«

»Dann sollte er besser alles davon nehmen«, murmelte Fenrir.

»Nun ...« Der Priester drehte sich mir zu, und sein Ton wurde milder. »Willst du deine Sünden beichten, Kind?«

»Nein«, sagte Fenrir, trat vor mich hin und hinderte den Priester daran, sich mir zu nähern. »Sie hat bereits gebeichtet.«

»Und hat die Absolution erhalten«, fügte Jarl hinzu. Sein Grinsen löste in mir einen Hitzeschwall von meinem Kopf bis zu den Zehen aus.

»Ich habe gebeichtet, Vater«, versicherte ich dem Ordensbruder.

»Hat bei ihr nicht so lange gedauert. Sie sündigt viel weniger«, warf Jarl ein.

Der Geistliche seufzte. Er drehte sich um, nahm den

Kelch und das Ziborium in die Hand und begann, auf Latein zu murmeln.

»Was macht er da?«

»Er vollzieht das Sakrament«, flüsterte ich. Wir warteten, bis der Priester fertig wurde. Er weihte die Hostie und hob Kelch und Teller über seinen Kopf, dann drehte er sich beinah widerwillig zu uns um.

Er bot Jarl den Kelch an, während er etwas auf Latein sagte.

»Das Blut des neuen Bunds«, übersetzte ich.

»Blut?« Jarl knurrte. Er nahm den Becher und schnupperte daran.

»Ja, das Blut unseres Herrn Jesus Christus, der für unsere Sünden gestorben ist«, brabbelte der Priester.

Bleib ruhig, versuchte ich, ihm gedanklich zu übermitteln. *Verärgere diese Männer nicht.* Mir würden Jarl und Fenrir niemals etwas tun. Aber sie würden nicht zögern, diesem Mann die Kehle aufzuschlitzen und einen anderen Priester zu suchen.

»Riecht nicht nach Blut.« Jarl klang eher neugierig als angewidert. Er trank einen Schluck. Ich nahm ihm den Becher weg, bevor er mehr trinken konnte.

»Und dies ist der Leib Christi, der euch gegeben wird«, fuhr der Priester eilig fort und hielt uns das Ziborium entgegen, das die Hostien enthielt.

»Der Leib? Du meinst Fleisch?« Ein Knurren schlich sich in Jarls Stimme. »Du isst das Fleisch deines Gottes?«

»Und uns hält man für Heiden«, murmelte Fenrir mir zu.

Der Priester quiekte etwas. Ich nahm eine Hostie und schob sie Jarl in den Mund. Er erschrak, ließ sich aber von mir füttern. Er leckte mir sogar die Krümel von den Fingern, bis meine inneren Muskeln zuckten.

Ich schob ihn zurück, damit auch ich mir eine Hostie nehmen konnte. Bevor ich dem Priester den Kelch zurückgeben konnte, schnappte ihn sich Fenrir und leerte ihn.

»Wein«, stellte er abfällig fest und warf den Kelch zu Boden. »Blut schmeckt anders.«

Ich schloss die Augen.

Der Ordensbruder sprach den Rest der Zeremonie in Windeseile und hielt kaum an, um uns unsere Gelübde ablegen zu lassen. Ich hatte noch nicht viele Hochzeiten miterlebt, dennoch war ich mir sicher, dass er große Teile ausgelassen hatte. Vermutlich lenkten ihn die funkelnden Waffen der Berserker ab.

Schließlich schwenkte er das Kreuz vor uns und besprenkelte uns beide mit Weihwasser.

»War es das?« Jarl knurrte. »Wir sind verheiratet?«

»Ja.« Der Priester nickte eifrig. »Möge der Herr euch segnen und behüten ...«

»Gut«, brummte Jarl und zog mich an sich, um den Kuss zu beenden, den er im Hain begonnen hatte. Seine großen Hände hielten mein Gesicht, und er tat sich an meinen Lippen gütlich, bis ich benommen dastand. Jarl vergewisserte sich, dass ich nicht umkippen würde, und gab mir einen letzten Kuss auf die Stirn. Dann trat er zurück, und Fenrir nahm seinen Platz neben mir ein.

»Jetzt ich«, sagte Fenrir.

»Was?« Der Priester schaute verdattert zwischen uns hin und her.

»Ich bin dran. Ich will diese Frau heiraten. Du wirst die Riten sprechen.«

Der Priester schnappte nach Luft und bekreuzigte sich.

Mein Innerstes krampfte sich zusammen. »Fenrir, nein.«

»Doch.« Er nahm mich am Arm und zog mich an seine Seite. »Ich will das, Eheweibchen.«

Der Pfarrer glotzte uns immer noch fassungslos an. »D-du willst sie auch heiraten?«

»Ja.«

»Aber ...« Der Protest des Priesters erstarb mit einem Gurgeln, als Jarl ihm einen Dolch an den Hals setzte. »Du wirst es tun«, betonte er knurrend.

»Jarl, lass ihn in Ruhe«, befahl ich.

»Still, Juliet«, entgegnete Jarl. Er hielt die Waffe weiter gegen den Priester gerichtet, während er einen Lederbeutel von seinem Gürtel löste. Er wirkte wie der von Fenrir prall gefüllt. Jarl drehte ihn um und ließ die Goldmünzen vor dem Priester aufblitzen.

»Jarl«, sagte ich. Mein neuer Ehemann trat zurück.

Der Priester strich seine Soutane glatt. Seine Schuhspitze streifte den Goldstapel und brachte ihn zum Klimpern. Nach einer langen Pause seufzte er und richtete sich auf.

Der Priester sah zuerst mich an. »Bist du willens?«, fragte er mich matt.

Mir ging das Herz auf. »Ja, Vater, das bin ich.«

»Na schön. Gott, vergib mir, ich werde es tun.« Er winkte uns beide vor sich. Schon bald wiederholte ich das Gelübde und wurde erneut vermählt.

FENRIR

Unsere kleine Braut sah benommen aus, als wir sie von der winzigen Kirche wegführten. Sobald wir die Lichtung verlassen hatten, packte ich sie am Nacken und führte sie zurück zu dem Wäldchen, wo ich mein Bündel zurückgelassen hatte.

Ich beugte mich nah zu ihr und flüsterte: »Hier entlang, Ehefrauchen.« Obwohl ich es nicht für möglich gehalten hätte, erröteten ihre Wangen noch mehr.

Als wir den Hain erreichten, stolperte sie von mir weg und wich zurück, bis sie in der Wiese mit Glockenblumen stand.

»Haben wir deshalb den ganzen Weg zurückgelegt? Damit ihr mich auf diese Weise heiraten könnt?«

»Ja. Macht es dich glücklich?«

»Schon, aber ...« Sie runzelte die Stirn.

»Du hattest keine Wahl«, sagte ich schnell. »Wir werden dir nicht gestatten, uns zu verlassen. Wir werden dich auf jede erdenkliche Weise an uns binden.« Ich trat an ihre Seite, nahm ihren Zopf in die Hand und begann, ihn zu lösen.

»Na gut.« Sie rieb sich die Stirn.

Jarl lockerte die Riemen um seine Schultern und senkte seinen Schild und seine Axt zu Boden.

Ich löste die letzten Strähnen von Juliets Zopfs und ließ ihr Haar um ihre Schultern fallen.

»Komm her, Ehefrauchen. Sofort«, befahl Jarl. Ich versetzte ihr einen leichten Schubs in seine Richtung.

Sie bewegte sich gleitend auf ihn zu. Die Falten ihres Kleids streiften über die Blumen und entfesselten deren Duft. Jarl hielt einen Wendelring in der Hand, ein Rund aus geflochtenem Silber und Gold. Ich hob Juliets Haar an, damit er in ihr um den schlanken Hals anlegen konnte.

»Du gehörst in jeder Hinsicht uns«, erklärte er ihr dabei. »Hast du verstanden?«

Sie nickte.

»Es gibt keine Flucht.« Er hob ihr Kinn an und küsste sie. Als er mit ihren Lippen fertig war, wartete ich.

»Hast du das Öl?«, fragte er.

»Im Bündel«, antwortete ich. Armes Ehefrauchen. Sie würde bald erfahren, wie gründlich wir sie beanspruchen würden.

Ich ging mit ihr zurück zu einem Baum. Unterwegs hatte ich bereits meine Männlichkeit ausgepackt. Mühelos hob ich sie von den Füßen, warf ihre Röcke hoch und fand ihre glatten Falten. Ich rieb sie eine Weile, bis ihre Augen selig nach oben rollten. Dann hievte ich sie höher und ließ sie auf meine Länge gleiten. Sie seufzte, als die Schwerkraft sie nach unten zog und sie zwang, sich auf mir zu pfählen. Ich stützte sie am Baumstamm und bewegte die Hüften vor und zurück. Sie schüttelte den Kopf. Ihr Haare wirbelte um mein Gesicht.

»So ist es gut. Lass dich gehen.« Ich nahm sie härter, trieb mich wieder und wieder in sie. Unsere Ehefrau war

heiß und eng und perfekt. Einmal brachte ich sie am Baum-
stamm schaudernd zum Kommen. Dann noch einmal. Ihr
Körper erschlaffte an mir, ihr Kopf drückte gegen meine
Schulter.

»Braves Mädchen.« Ich küsste sie seitlich am Hals und
ließ sie runter. Ich selbst kam nicht. Noch nicht. Ich sparte
mich für ihren Hintern auf.

»Ich bin dran«, sagte Jarl. Er schob mich zur Seite und
reichte mir das Fläschchen mit Öl.

Er beugte Juliet zum Stamm vor, bis ihre Wange gegen
die Rinde drückte, als er sie von hinten nahm. »Ah, ja.
Meine Belohnung.« Er hielt ihre Hüften fest, glitt langsam
vor und zurück.

Ich ging um sie herum und tastete zwischen ihren
Beinen. Ich berührte die kleine, pralle Knospe über ihrer
Pforte und spielte damit, während Jarl rhythmisch in sie
wogte. Aber diesmal ließ ich sie nicht kommen.

»Stellungswechsel«, sagte ich zu Jarl. Er nickte und
wischte sich mit dem Unterarm über die Stirn. Als er sich
aus Juliet zurückzog, glänzte er von ihren Säften. Auch er
war noch nicht gekommen.

»Leg dich auf mich«, befahl er Juliet, zog sie nach unten
und klemmte einen Arm so um ihren Rücken, dass sie keine
Wahl hatte. Die Stellung ermöglichte es mir, ihr Kleid hochzuziehen und ihren Hintern zu entblößen. Kurz lenkte mich
der Anblick der blassen Halbmonde ihrer Pobacken ab. Ich
fuhr mit der Hand über die zarte Haut, dann klatschte ich
darauf und bewunderte den rosa Abdruck.

»Ah, mach das noch mal«, verlangte Jarl stöhnend. Er
hatte die Hände unter Julias Gewand, fasste ihr an die
Brüste und führte sie, während sie ihn ritt.

Ich versohlte sie langsam und steigerte dabei die Härte
der Schläge.

»Jedes Mal, wenn du sie versohlst, spannt sie sich um mich herum an«, brummte Jarl.

»Neig sie nach vorn.« Ich goss Öl auf meine Handfläche. Als Jarl unsere Frau bündig an seine Brust zog, teilten sich ihre Pobacken. Ich schmierte Öl in das blasse Tal und fand die zarten Runzeln ihres unteren Lochs.

Juliet quiekte. »Was machst du da?«

»Wir sind deine Gefährten. Wir stellen mit dir an, was immer wir wollen.«

»Und wir möchten dir großes Vergnügen bereiten.«

Sie zappelte und versuchte zu entkommen. Ich versohlte ihr den Hintern fester. Jarl lachte wie ein Verrückter und hielt ihre Hüften fest.

Knurrend krallte sie an ihm, und er lachte nur noch ausgelassener, während er die Arme um ihren kleinen Körper schlang.

Ich hörte auf, mit der Handkante über ihre hintere Spalte auf und ab zu streichen und, schob stattdessen einen Finger in die Öffnung dazwischen. Ihr Hintern fühlte sich eng und sengend heiß an. *So gut.*

»Ich will es spüren«, sagte Jarl.

Ich nickte. Er zog sie von sich und hielt sie fest, als würde sie sonst vielleicht flüchten.

»Auf alle viere.« Er stützte sie so, wie er sie haben wollte, und fing das Fläschchen auf, als ich es ihm zuwarf. Ich half ihm, Juliet festzuhalten, damit er ihren Hintereingang einölen konnte.

»Oh ja, das ist gut«, meinte er seufzend. »Eng genug, um sich darin den Finger zu brechen. Wie sollen unsere Prügel da reinpassen?«

»Ich hätte da ein paar Ideen«, meinte ich, obwohl mir im Augenblick keine davon einfiel. Mein bestes Stück war so hart, es fühlte sich an, als könnte es platzen. Ich konnte nicht länger warten. Also packte ich eine Handvoll Haare unserer kleinen Nonne und führte ihren Mund zu meinem vor Körper abstehenden Stab. »Lutsch mich jetzt«, verlangte ich. Als ich gegen ihren Mund stieß, teilten sich ihre Lippen wie von selbst. »Braves Mädchen. Wenn du es gut machst, nehme ich nicht gleich hier deinen Hintern.« Auf ihn würde ich richtig Anspruch erheben, wenn wir wieder in der Hütte wären.

Juliets Kopf bewegte sich auf und ab. Sie nahm mich auf, so tief sie konnte. Ich hielt ihr die Haare aus dem Gesicht und murmelte ermutigend, obwohl sie kaum mehr brauchte als die Drohung, dass wir ihren Hintern nehmen würden.

Viel zu früh spritzte ich ihr in die Kehle. Sie prustete zwar, schluckte aber den Großteil hinunter. Das bisschen Samen, das ihr von den Lippen tröpfelte, wischte ich ihr zurück in den Mund.

»Gut gemacht, Ehefrauchen.«

Ihre Lider standen auf halbmast, ihre Lippen waren prall vom Lutschen an mir. Sie hatte noch nie schöner ausgesehen.

Jarl lehnte sich zurück und ließ sich von ihr reiten, während ich sie weiter versohlte. Er kam mit Gebrüll und hielt sie fest an seine Brust gedrückt, während ich den Stöpsel aus Metall hervorholte, den ich angefertigt hatte. Ich bestrich ihn mit Öl und drückte ihn gegen Juliets dunklen Hintereingang, bis sich die Pforte öffnete und ihn aufnahm.

»Wie lange muss ich das tragen?«, fragte sie, als sie sich vorsichtig aufsetzte. Ihr Gesicht war röter als ihr versohlter Po.

»Bis wir wieder in der Hütte sind. Dann nehmen wir dich abwechselnd in den Hintern, bis du lernst, dadurch zu kommen.«

Ein Schauder durchlief ihren Körper. Ich zog am Stöpsel und schob ihn zurück hinein, bis er vollständig in ihr saß. Das wiederholte ich mehrfach, dann fasste ich nach unten, um zu sehen, ob sie feucht geworden war.

Sie triefte geradezu.

»Du bist unsere Frau. Unsere Kleine. Wir werden dir nie wehtun. Aber wir werden dich gründlich in Anspruch nehmen«, versprach ich.

Und damit breiteten wir sie inmitten der Glockenblumen auf dem Rücken aus und leckten sie, bis sie schrie.

JULIET

Der Stöpsel in meinem Hintern fühlte sich auf dem gesamten Weg zurück zu unserer Hütte riesig und sperrig an. Ich lief mit unbeholfenen Schritten, und als Jarl und Fenrir mich abwechselnd in den Armen trugen, wechselte ich unwillkürlich regelmäßig die Position. Sie grinsten mich an, und ich errötete, weil sie genau wussten, was mir Unbehagen bereitete.

Meine Scham triefte noch immer vor Erregung und ihrem Samen. Sie hatten mich gründlich beansprucht, vollständig und auf Arten, die ich nie für möglich gehalten hätte. Die Berserker hatten versprochen, mich zu beherrschen, und das taten sie.

Ich war verheiratet. Die Enge in meiner Brust hatte nachgelassen. Ich fühlte mich immer noch hohl, aber es war ein gutes Gefühl. Mein Inneres war gesäubert worden. Wäre mein Herz ein Garten gewesen, so wären die tiefen Wurzeln von etwas Giftigem herausgerissen worden, und nun gab es reichlich Platz, um Neues wachsen zu lassen.

Während des letzten Abschnitts der Reise döste ich in

Fenrirs Armen. Als wir die Hütte schließlich betraten, war ich wach, aber schläfrig.

Er setzte mich aufs Bett und ging los, um Jarl dabei zu helfen, ein Feuer anzumachen. Ich verlagerte das Gewicht auf die Seite, um das Gefühl des Stöpsels in meinem Hintern zu lindern. Ich verspürte kein Brennen mehr, aber meine Öffnung dehnte sich unbehaglich um den Fremdkörper. Gelegentlich verkrampfte ich mich und wurde an alles erinnert, was sich an diesem Nachmittag zugetragen hatte.

»Komm her, Juliet.« Fenrir zog mir das Kleid und die Stiefel aus. Nackt stand ich vor ihm, die Arme um die bloße Brust geschlungen.

Fenrir zog mich zwischen seine Oberschenkel. Ich verlagerte das Gewicht von einem Bein aufs andere und wünschte, die Dehnung in meinem Hinterteil würde nachlassen.

»Du machst dich gut, Ehefrauchen. Wie fühlst du dich?«

Ich zuckte mit den Schultern. Er strich mir die unordentlichen Strähnen meines Haars zurück.

Jarl näherte sich mit schleichendem Gang dem Bett. »Gibst du jetzt zu, dass du uns gehörst?«

Beinah hätte ich darüber die Augen verdreht. »Wenn ich nein sage, was würdest du tun?«

»Dich wieder fesseln und peitschen, bis du die Wahrheit gestehst.« Seine Augen schimmerten, und mich durchzuckte heiße Erregung. Die Berserker hatten mich darauf abgerichtet, so zu reagieren.

»Ich gehöre so euch, wie ihr mir gehört.« Ich reckte das Kinn hoch. »Ehemänner.«

Fenrir schmunzelte. »Gut gesprochen, Ehefrauchen.« Er kippte mich so über seinen Schoß, dass ihm mein hochgestreckter Po perfekten Zugang zum Stöpsel ermöglichte. Fenrir zog ihn abwechselnd heraus und schob ihn hinein, raus und rein. Ich trat aus und wehrte mich bei jedem Eindringen, doch meine Erregung steigerte sich.

»Du bist immer noch unsere Gefangene und unsere Gefährtin. Aber wir haben die Gelübde ernst gemeint, die wir gesprochen haben.« Fenrir streichelte meinen Rücken, während er mit dem Stöpsel meinen Hintern bearbeitete. »Wir werden dir treu sein, Juliet. Wir werden dich für immer lieben, beschützen und ehren.« Er klatschte mir auf den Po. Seine Handfläche prallte dabei auf den Stöpsel und brachte mich zum Schreien, als die Erregung zwischen meinen Beinen heiß und wild erblühte. Ich winkelte die Hüften an und versuchte, mich an seinem Bein zu reiben. Fenrir bemerkte meine Verzweiflung und lachte leise. Er züchtigte mein Hinterteil, bis beide Backen wie Kohle in einem Feuer glühten. Dann hievte er mich aufs Bett, drehte mich auf den Rücken.

Durch diese Lage bohrte sich der Stöpsel tiefer in mich. Ich versuchte, mich vom Rücken zu rollen, aber Jarl schnappte mich und zog mich so zurück, dass ich weiterhin auf dem Rücken lag, wenngleich mit dem Kopf auf seinem Schoß. Fenrir kniete sich zwischen meine Beine, schob meine Knie weit auseinander und drückte sie mit seinem Gewicht leicht nieder. Meine Schenkel und meine Scham waren gespreizt, die rosa Falten trieften, während mich nach wie vor der Stöpsel pfählte.

»Wir bestrafen dich trotzdem. Und wir werden dich gründlich beanspruchen«, versprach Fenrir. Er legte den Handballen auf meine Mitte und rieb sie zart. Funken sprühten in meinem Schoß. Meine Erregung fing Feuer und breitete sich aus.

Er hob die Hände und tippte mit den Fingern gegen meine Spalte, versohlte mir gleichzeitig leicht den Hintern. Mein Kopf flog zurück, und ich schauderte. Jarl lächelte mich an, packte meine nackten Brüste und knetete sie. Die geballte Wucht seiner Berührungen und Fenrirs zarter Schläge auf meine Mitte drohte, mich vor Empfindungen zu zerreißen.

»Du gehörst uns, Juliet. Du gehörst uns.« Fenrirs Hand sauste härter herab, verfiel in einen gleichmäßigen Takt wie der Schlag einer Trommel. Jeder Treffer trieb mich weiter, höher, jenem herrlichen Ort entgegen, an dem ich mich in purer Ekstase auflösen würde. Ich schrie, krümmte und wand mich, suchte diese Glückseligkeit und die Schläge gegen meine Scham, die mich in höhere Sphären schrauben würden. Als ich mich fester ins Bett presste, pfählte ich mich auf dem Stöpsel.

Und endlich erfasste mich dieses Lauffeuer. Die Flammen breiteten sich aus und züngelten empor. Ekstase versengte mich. Ich flog höher und höher, getragen von jener von Schmerz genährten Lust. Mein Höhepunkt brannte weißglühend durch mich, vernichtete mich förmlich.

Starke Hände fingen meinen zitternden Körper auf und trugen mich zurück zur Erde. Ich fand mich auf dem Bauch wieder. Als ich mich auf die Hände und Knie rappelte, legte mir Jarl die Hände ins Gesicht und säuselte mir zu. Fenrir packte meine Hüften und hielt mich fest. Er zog meine untere Hälfte nach hinten zu sich, bis seine eisenharten Beinmuskeln gegen die Rückseiten meiner Oberschenkel drückten. Die krause Behaarung in seinem Schritt schrammte über meinen Hintern.

»Es ist so weit.« Seine Hände teilten meine Pobacken. Er schob mich so nach vorn, dass etwas Platz zwischen uns entstand, dann hielt er mit einer Hand meinen Bauch, um mich zu stützen, und zog mit der anderen den Stöpsel aus mir heraus.

Ich stöhnte, als der breiteste Teil des knolligen Gegenstands mich dehnte. Dann war mein Hintern leer. Mein Loch zog sich kurz ohne Widerstand zusammen, bevor Fenrir seine harten Finger einführte. Er dehnte mich weiter und musste dabei Öl verwendet haben, denn es lief mir an den Oberschenkeln runter. Meine leere Mitte kribbelte vor Verlangen.

»Ich werde deinen Hintereingang beanspruchen, kleine Nonne«, murmelte Fenrir und schob die Finger in einem verruchten Rhythmus in meiner hinteren Öffnung vor und zurück. Ich stöhnte und ließ die Stirn auf das Bett sinken. Jarl zog mein Haar zurück und streichelte meine Kopfhaut in beruhigenden Kreisen. Ein Prickeln raste mein Rückgrat entlang nach oben, mein Körper spannte sich in vorfreudiger Erwartung an.

»Ich werde dich vollständig beherrschen. Schon in dem Augenblick, als wir dich im Kloster gefunden haben, wollte ich dich so beanspruchen«, sagte Fenrir und rammelte mich mit den Fingern, während er flüsterte. »Wenn es nach mir gegangen wäre, hätte ich dich gleich auf der Wiese nackt ausgebreitet und vor deinem Gott und der gesamten Welt Anspruch auf dich erhoben.«

Ich wimmerte unter dem Ansturm der Erregung, den seine Worte auslösten.

»Stellen dir die ringsum brennenden Fackeln vor«, sprach er weiter. »Stell dir den Mond vor, der deine Scham und dein Vergnügen bezeugt.« Seine Finger flutschten aus meinem Hintern, wurden abgelöst von der prallen Eichel seiner harten Mannespracht. Er war größer als der Stöpsel. Oh Gott, wie sollte ich das ertragen?

»Hilf mit, Juliet«, befahl Jarl. »Drück nach außen und lass ihn rein.« Seine Finger fassten unter meine Brust, um an meinen Nippeln zu zupfen. »Tu es, und wir lassen dich kommen.«

Ich kam seiner Aufforderung nach und stöhnte, als Fenrir in mich glitt. Ich spürte tief in meinem Bauch brodelnde Lust, obwohl meine Hinterpforte bis an die Grenzen gedehnt wurde. Schweiß benetzte meinen Rücken.

Fenrir knurrte und fluchte, als er weiter vordrang, sich tief in mir verankerte. Jemand, entweder Jarl oder Fenrir, griff unter mich und spielte mit den glitschigen Falten meiner Liebesgrotte. Das Vergnügen schoss durch mich hindurch. Ich schrie auf und presste die Muskeln um die harte Länge in mir zusammen.

Fenrir brüllte, bäumte sich auf und pfählte mich vollends. Die Empfindung schraubte meinen Höhepunkt in neue Sphären. Fenrir zog sich aus mir zurück und stieß zurück hinein, trieb mich nach vorn aufs Bett.

Jarl hob meinen Kopf an den Haaren hoch, legte die Hand an meine Kieferpartie und führte seinen Prügel in meinen Mund. »Lutsch mich jetzt, kleine Nonne. Nimm uns beide.«

Ich brummte um ihn herum, während ich mit der Zunge über seine heiße Haut leckte. Ich saugte heftig an ihm, nahm ihn tiefer auf, während mein Hinterteil Fenrirs Mannespracht verschluckte.

»So ist's gut«, murmelte Fenrir. Seine Hand drückte auf meinen Rücken, ließ ihn mich weiter durchwölben. Mein Kopf neigte sich nach hinten, und Jarl schob mir seine harte Länge tiefer in die Kehle. »So geht das.«

Da ich durch die Nase atmete, nahm ich Jarls wilden Moschusduft umso deutlicher wahr, und seine Schambehaarung kitzelte mein Gesicht. Währenddessen wogte Fenrir mit zarten, langsamen Stößen in meine Hinterpforte. Eigentlich sollte ich dabei keine Lust empfinden, aber das tat ich tief in meinem Inneren. Sinnliche Gefühle und Scham verflochten sich zu einem Vergnügen der verruchtesten Art.

»Du bist so wunderschön, Juliet«, hauchte Fenrir. »So wunderschön, und du nimmst mich auch so gut in deinem Arsch auf.«

Bei seinen derben Worten zog ich unwillkürlich die inneren Muskeln zusammen. Jarl packte mein Haar fester und hielt mich still.

»Oh, ihr Götter, ja«, murmelte Fenrir und klang dabei berauscht. »Mach das noch mal.«

Ich winkelte den Kopf so an, dass ich leichter atmen konnte. Jarl glitt aus mir heraus und klatschte mir mit seiner Härte gegen die Wange, bevor er sie wieder in mich schob. Mir lief das Wasser im Mund zusammen, als er ihn mit seiner prallen Länge ausfüllte.

Fenrir streckte eine Hand unter mich und rieb meine Falten weder zart noch gezielt. Mein Höhepunkt packte mich und schüttelte mich durch. Mein Hintern quetschte und quetschte Fenrir, bis er kam und an mir schauderte.

Keuchend sabberte ich um Jarls Härte. Ich war mit Fenrir in meinem Hintern gekommen, und zwar heftig. Langsam zog sich Fenrir aus mir zurück. Wo ich mich zuvor gedehnt gefühlt hatte, herrschte plötzlich Leere.

Jarl zog sich seinerseits aus meinem Mund zurück, immer noch hart. »Ich bin dran.«

Fenrir übernahm seinen Platz an meinem Kopf. »Du machst das gut.« Seine Finger wanderten träge von meinen Brüsten zu der empfindsamen Knospe in der Nähe meiner Pforte. »Komm noch einmal für mich.«

Ich kämpfte dagegen an, aber Fenrir wusste genau, wo er reiben und wo er kneifen musste. Ich zappelte, bis sich

Jarl in meinen Hintern schob, mich pfählte und mich festhielt.

Er fluchte lange und laut. »Sie ist so eng und heiß«, sagte er.

»Das ist sie«, bestätigte Fenrir, während er meine Scham massierte. »Und wenn sie kommt ...«

»Sie zieht sich so fest zusammen, als wollte sie mir den Schwanz brechen.« Jarls Finger bohrten sich in meine Schenkel, während seine Hüften wogten und er tiefer in mein Inneres drang.

Fenrir streichelte mich. Seine Finger flüsterten über meine Haut, qualvoll zart. Jarls Härte hingegen glich einem Rammbock, der mich dem Höhepunkt entgegenhämmerte. Zusammengenommen überwältigte mich der Sturmangriff. Mein Höhepunkt ließ mich weit emporsteigen, bevor er mich in einen Abgrund schleuderte.

JULIET

Warme, feuchte Tücher streichelten meine
Haut. Jarl und Fenrir säuberten mich mit
einer Sorgfalt und Gründlichkeit, die mich
erröten ließ. Sie rieben Balsam auf meine wunden Stellen,
auch auf meinen armen, gedehnten Po.

Schließlich zog mich Fenrir an sich. Seine Hand tauchte
zwischen meine Beine.

»Oh nein.« Ich versuchte, mich wegzurollen, aber er
hielt mich fest.

»Doch, Ehefrauchen. Ein letztes Mal.«

»Ich kann nicht, ich kann nicht«, klagte ich stöhnend.

»Du musst.« Sein Daumen rieb mich sanft und trieb
mich in lichte Höhen. Ich schauderte und krümmte mich,
drückte mein Gesicht gegen die harte Ebene seiner
Muskeln. Er zog die Hand zurück und ersetzte sie durch ein
nasses Tuch, drückte mich nieder und hielt mich so fest.

Nachdem er mich gereinigt hatte, rollte ich mich weiter
ein. Ich fühlte mich klein und zerbrechlich, völlig ausgewrungen.

Fenrir schmiegte den großen Körper um mich. Sein

Kinn ruhte auf meinem Kopf, seine Arme und Beine lagen an meinen an. Ich hatte mich noch nie so sicher und geschützt gefühlt.

Die Lust hatte meinen Körper zermürbt, mich regelrecht vernichtet. Die alte Juliet, die verhärmte Hülle, die ich geschaffen hatte, um mich vor der Welt zu verstecken, war ausgelöscht.

Aber die wahre Juliet, die Essenz meiner selbst, war nicht tot. Sie lebte.

So viele Jahre lang hatte der wahre Teil meiner selbst in mir geschlummert. Nun erwachte er langsam wie ein Spross, der sich durch dunkle Erde emporkämpfte. Die meiste Zeit meines Lebens hatte ich mich in der warmen, liebevollen Umarmung der Dunkelheit versteckt. Bald würde ich mich entfalten und den Kopf der Sonne zuneigen.

Aber das konnte später kommen. Vorerst würde ich schlafen, eingerollt und geschützt von dem riesigen Berserker. Meinem Ehemann, meinem Entführer, meinem Gefährten.

Ich wachte in der Dunkelheit auf. Fenrir hatte das Bett verlassen und stand an der Tür. Mondlicht schien herein und ließ Fenrirs Haar wie einen herabfließenden Wasserfall wirken, während es die dunklen Muster an Jarls nackten Armen liebkoste.

Ich hörte ihr Gemurmel, konnte aber die Worte nicht verstehen. Allerdings konnte ich mir denken, worum es ging. Jarl hatte Wache gehalten, nun war Fenrir an der Reihe. Ich wusste bloß nicht, *warum* sie Wache hielten. Mein Kopf fühlte sich vom Schlaf benebelt an, und als Jarl ins Bett zurückkehrte, dachte ich nur noch an ihn. Er legte sich zu mir.

Mein Gemahl.

Ich rollte mich auseinander und breitete die Arme für ihn aus. Er griff sich ein Fellgewand und ließ sich in einer fließenden Bewegung aufs Bett fallen, rollte sich über mich und weiter, bis ich in das Fell gehüllt an ihm lag.

»Juliet.« Sein Atem liebkoste mein Gesicht. Ich schlängelte mich tiefer in das Fell und kuschelte mich an ihn. Sein Atem stockte, seine Mannespracht schwoll an meinem Bein an. Ich unterdrückte ein Kichern.

»Bist du wund?«, flüsterte er. Ich nahm mir Zeit, um auf meinen Körper zu horchen. Meine hintere Öffnung fühlte sich benutzt an, den Rest von mir jedoch erfüllte eher Bereitschaft.

»Ich verspüre schon einen Schmerz«, teilte ich ihm ehrlich mit. »Allerdings ein schmerzliches Verlangen nach dir.«

Ich spürte, wie er zurückwich, als versuchte er, meinen Gesichtsausdruck in der Dunkelheit abzuwägen.

»Wirklich?« Dann ertastete seine Hand meine Mitte und entdeckte die Wahrheit.

»Liebe mich«, lud ich ihn ein und spreizte die Beine für ihn.

»Juliet ...« Er seufzte und glitt mit seiner Länge in meine wartende Pforte.

Ich verstärkte den Griff um seine Schultern. »Nimm mich. Halte dich nicht zurück.«

Er stieß in mich hinein und presste sich an mich, als seine Hüften ihn tief in mich bohrten. Seine Lippen senkten sich auf meine, seine Zunge brandete erobernd in meinen Mund, während seine pralle Härte meine warme Liebesgrotte beanspruchte. Lust durchströmte mich, nicht heftig und wild wie zuvor, eher zart und sanft wie ein Frühlingsregen. Jarl kam mit einem Schaudern. Er lockerte den Griff um mich, zog sich jedoch nicht aus meinem Körper zurück.

Eine Weile hielten wir uns einfach gegenseitig fest, von Angesicht zu Angesicht in der Dunkelheit. Er senkte den Kopf und schmiegte ihn an meine Schläfe.

»Für mich gibt es keinen Gott, keine Göttin, nichts Heiliges oder Magisches außer dir«, flüsterte er.

»Sag so was nicht.« Ich legte die Hände auf seinen Mund. »Begeh keine Gotteslästerung.«

Er sah mich unter den dunklen Brauen und langen Wimpern hervor an und bewegte unter meinen Handflächen die Lippen. »So empfinde ich nun mal.« Er zog meine Hände weg und küsste zärtlich meine Lippen. »Das ist heilig.« Er wickelte das Fell um uns, hüllte mich ein in Wärme. In mir spürte ich immer noch seine Härte, aber es fühlte sich richtig an. Wir passten zusammen.

Mir fielen die Augen zu, und ich schlief mit Jarl tief in mir und seinem Flüstern in meinem Ohr ein. »Solange ich lebe, werde ich an deinem Altar beten.«

AM MORGEN ERWACHTE ich in einer warmen, aber verwaisten Hütte. Ich setzte mich auf und begutachtete mich. Zwei Arme, zwei Beine, zwei zuletzt benutzte Pforten. Ein Herz, glücklich und erfüllt.

Ich fand Wasser, wusch mich und zog mich an. Vor meinem geistigen Auge schillerten Jarl und Fenrir hell wie Sterne. Meine Ehemänner waren draußen, hackten Holz und stapelten es in Reihen an der Hütte. Ich schickte einen Anflug von Liebe über unsere gedankliche Verbindung, dann machte ich mich daran, die Rebhühner zu rupfen, die sie von der Jagd mitgebracht hatten.

Es war ein Morgen wie jeder andere, und doch hatte sich alles verändert. Jarl und Fenrir kamen einer nach dem anderen herein und nährten das Feuer mit Holzscheiten. Sie küssten mich, spießten ihre Jagdbeute auf und brieten sie. Als das Fleisch gar war, teilten wir uns ein Horn voll Met und frühstückten.

Dabei sprachen wir kein Wort. Das mussten wir nicht. Es war ein Morgen, wie ich ihn mir immer gewünscht und nie zu erträumen gewagt hatte – meine Ehemänner und ich, Seite an Seite, zusammen beim Arbeiten, zusammen beim Essen. Bald würden wir aufstehen, uns die Hände waschen und nach draußen gehen, um an der frischen Luft weiter zu arbeiten und zu spielen. Was immer der Tag bringen mochte, wir würden es miteinander teilen.

Fenrir wurde als Erster fertig und brachte mir eine Schale Wasser. Ich wusch mir das Fett von den Fingern, danach stellte er die Schale für Jarl beiseite.

»Juliet«, sagte er und nahm mein Gesicht in die Hände. »Bist du glücklich bei uns?«

Als ob er nicht fühlen könnte, wie es in meinem Herzen aussah. »Ja.«

»Gut.« Er küsste mich auf beide Wangen, auf die Stirn und schließlich auf die Lippen. »Denk daran und an das Vergnügen, das wir dir bereitet haben.« Mit dieser verwirrenden Aussage trat Fenrir zurück, und Jarl nahm seinen Platz ein.

Mein tätowierter Gemahl beugte sich vor, um mich ebenfalls auf die Lippen zu küssen. »Für uns ist ein Lächeln von dir die ganze Welt wert.« Er kniff mich ins Kinn. »Und ein Augenblick mit dir ist es wert, den Tod dafür zu riskieren.«

Tod? Ich wollte fragen, was er damit meinte. Das eigenartige Verhalten meiner Krieger bewirkte, dass mir das Herz stehen blieb.

Bevor ich etwas sagen konnte, ertönte draußen vor der Hütte ein Ruf.

»Bleib hier, Juliet.« Jarl und Fenrir drehten sich gleichzeitig um. Seite an Seite marschierten sie zur Tür der Hütte und öffneten sie.

Eine Heerschar von Kriegern stand auf der Lichtung. Fenrir und Jarl gingen zur Tür hinaus und versperrten mir die Sicht. Hastig schlüpfte ich in meine Stiefel. Dabei hörte ich klar und deutlich den vordersten Berserker.

»Fenrir und Jarl, ihr werdet wegen der Entführung einer *Holzmouwa* gesucht. Ergebt ihr euch?«

»Wir ergeben uns«, sagte Fenrir leise. Er und Jarl traten von der Hütte weg, die Hände seitlich von sich gestreckt, um anzuzeigen, dass sie keine Waffen hielten.

»Ihr kommt jetzt mit uns«, befahl der Krieger. Er gab einer Gruppe schwer bewaffneter Berserker ein Zeichen. Sie traten vor und umzingelten meine Ehemänner.

Was ging bloß vor sich?

»Wartet«, rief ich und stolperte mit halb angezogenem rechten Stiefel aus der Hütte.

»Juliet«, rief ein Krieger und eilte an meine Seite. Er war groß, blond und kam mir bekannt vor. Hasels Gefährte. »Ich bin Knut. Hasel hat mich dazu gebracht, mitzukommen. Sie ist hochschwanger, aber hat gedroht, den Aufstieg selbst anzutreten, wenn ich nicht verspreche, dich zu finden.«

»Was ist hier los?« Ich fasste nach unten und zog meinen Stiefel richtig an.

»Sie haben gegen den Erlass der Alphas verstoßen und eine *Holzmouwa* entführt«, erklärte mir Knut. »Es gibt eine Verhandlung.«

»Was? Welche *Holzmouwa*?«

Seine blonden Brauen zogen sich zusammen, und mir wurde klar, dass er mich meinte. *Ich* war die *Holzmouwa*, die sie geraubt hatten.

Das war völlig falsch. Die Krieger trieben Jarl und Fenrir weg.

»Wartet!«, rief ich. »Das dürft ihr nicht!«

»Bleib zurück, Ehefrauchen«, forderte Fenrir mich auf. Jarl marschierte gekrümmt und mit bebendem Körper an seiner Seite. Die Krieger bildeten einen Kreis um ihn, die Waffen nach innen gerichtet. Jarl stand kurz vor der Verwandlung.

Er braucht die Gewissheit, dass du in Sicherheit bist. Nur so kann er die Kontrolle bewahren, teilte Fenrir mir in Gedanken mit.

Ich erstarrte.

Knut trat vor und wandte sich an meine Ehemänner. »Ihr wird nichts passieren. Das schwöre ich.«

Fenrir nickte, legte Jarl die Hand auf die Schulter und zog ihn zurück. Die Truppe der Krieger führte sie weiter den Weg entlang weg.

Ich wollte hinter ihnen her eilen, aber Knut versperrte mir den Weg. Der vernarbte Krieger, der die Truppe anführte, stand in der Nähe und wartete darauf, die Nachhut zu bilden.

»Wohin bringt ihr sie?«, fragte ich ihn.

»Zu den Alphas«, antwortete der narbige Krieger. Er wirkte ernst. Dann nickte er Knut zu und folgte seinen Kriegern den Weg entlang.

Ist schon gut, Juliet. Es wird alles gut, flüsterte Fenrir in meinen Gedanken.

Aber es war nicht alles gut. *Gar nichts* war gut.

Ich erschrak, als Knut mir einen Pelzmantel über die Schultern fallen ließ. »Schhh«, machte er. »Juliet, du bist jetzt in Sicherheit.«

Der Pelzmantel roch nach meinen Kriegern. Ich zog ihn um mich, begrüßte die Wärme. »Ich verstehe nicht, was hier passiert.«

»Die Krieger Jarl und Fenrir haben dich ohne Erlaubnis mitgenommen«, sagte Knut. »Sie haben das Gesetz der Alphas gebrochen.«

»Welches Gesetz?«, fragte ich, bevor es mir einfiel. Ich riss die Hände an den Mund, als ich mich daran erinnerte, was Fenrir mir vor langer Zeit gesagt hatte. *Die Strafe dafür, eine Holzmouwa zu verletzen, ist der Tod.*«

»Geht es hier darum? Sie sollen hingerichtet werden, weil sie Anspruch auf mich erhoben haben?«

»Das Gesetz ist unmissverständlich«, meinte Knut und fügte in sanfterem Ton hinzu: »Bist du verletzt? Haben sie dir wehgetan?«

»Nein.« Ich schüttelte ihn ab. »Sie haben mir nicht wehgetan.« Tatsächlich hatten sie mich geheilt. Mir alles gegeben, was ich wollte. »Ich muss zu ihnen.«

Er schüttelte den Kopf. »Das geht nicht.«

»Sie sind meine Ehemänner«, herrschte ich ihn an. Er blinzelte mit fragend gerunzelter Stirn. »Meine Gefährten. Ich gehöre zu ihnen.« Panik flammte in mir auf. »Ihr dürft sie nicht töten. Ich brauche sie.«

Er rieb sich den blonden Bart. »Es gibt eine Verhandlung vor den Alphas und der Versammlung. Danach erhalten Jarl und Fenrir ihre Bestrafung.«

Ich war atemlos, als hätte ich im Laufschritt einen Berg erklommen. »Dann bring mich zu den Alphas.«

Knut sah mich verunsichert an, bis ich mit dem Fuß aufstampfte und die Stimme erhob. »Sofort!«

~

KNUT BRACHTE mich nicht zu Jarl und Fenrir oder den Alphas. Stattdessen lief ich in einer Höhle des Bergs rastlos auf und ab. Die Höhle war sauber und gut eingerichtet – mit fein geschnitzten Holzstühlen und Truhen, Wandteppichen und einem Eisengestell, in dem ein kleines Feuer knisterte. Brennas Alphas hatten in solchen Höhlen ihr Zuhause. Ich war zu aufgewühlt zum Sitzen.

Gemurmel hallte den Gang herab. Dann schoben zwei Frauen den Vorhang beiseite und betraten die Kammer. Der schwache Schein des Feuers erhellte ihre Gesichter. Eine der Frauen hatte dunkles Haar, die andere helles. Ich erkannte sie von den wenigen Malen, die ich sie aus der Ferne gesehen hatte. Muriel und Sabine.

Mein Mund fühlte sich zu trocken zum Sprechen an. Sabine, die große Blonde, musterte mich mit einem beunruhigenden Blick von oben bis unten. Ihre Schwester Muriel ergriff zuerst das Wort. »Schwester Juliet.«

»Nur Juliet«, entgegnete ich unwillkürlich. »Ich bin keine Nonne mehr.«

»Dann eben Juliet.« Ihre Stimme klang warm und mitfühlend. »Wie geht es dir?«

Wieder ertappte ich mich dabei, dass mir die Worte fehlten. Ich hatte so viel durchgemacht. »Körperlich ... geht es mir gut«, stammelte ich.

»Gut.« Schwungvoll deutete sie mit der Hand auf einen Stuhl. »Bitte setz dich.«

»Ich will nicht sitzen. Ich will mit den Alphas reden.« Damit steuerte ich auf den Ausgang zu, aber Sabine versperrte mir den weg.

»Wir sind hergeschickt worden, damit wir uns um dich kümmern.«

Ich straffte die Schultern, richtete mich zu voller Größe auf, auch wenn ich nicht an die ihre heranreichte. »Ich brauche niemanden, der sich um mich kümmert«, fauchte ich. »Mir ist es gut gegangen, ich musste nicht gerettet werden ...« Ich bremste mich, indem ich mir eine Hand auf den Mund schlug. Ich brüllte beinah. »Ich verlange, Jarl und Fenrir zu sehen. Ich muss mich vergewissern, dass man ihnen nichts zuleide getan hat.«

»Ihnen ist kein Haar gekrümmt worden«, beteuerte Muriel. Ich wandte mich an sie.

»Woher weißt du das?«

»Mein Gefährte Wulfgar war dabei, als sie aus ihrer Hütte geholt wurden. Er hat es mir erzählt. Jarl und Fenrir geht es gut, obwohl sie immer noch unter Bewachung stehen.« Muriel setzte sich anmutig auf einen vergoldeten Stuhl. »Bitte.«

Auch ich nahm letztlich Platz. Mein Seufzen strömte heftig aus mir heraus und brachte die Flammen zum Flackern.

»Es wird eine Verhandlung geben«, erklärte Sabine. Ihre Stimme hallte in der kleinen Kammer eigenartig wider. »Die Krieger werden zur Rechenschaft dafür gezogen, was sie dir angetan haben.«

»Was sie mir angetan haben?«, wiederholte ich. »Was sollen sie mir angetan haben?« Ich faltete auf dem Schoß die Hände, damit sie nicht zitterten.

»Sie haben dich geraubt und auf der anderen Seite des Bergs versteckt. Der Schneesturm hat uns davon abgehalten, schon früher nach dir zu suchen.«

»Sei versichert, Juliet, dass du jetzt in Sicherheit bist«, fügte Muriel hinzu. Und dann begriff ich das Mitleid in ihren Augen.

»Ihr denkt, sie hätten mich entführt. Mich gegen meinen Willen mitgenommen.«

»Haben sie das nicht?« Sabine legte den Kopf schief. Ihre Augen wirkten im schwachen Licht fast schwarz.

»Ich ...« Wie sollte ich es erklären? Ich konnte nicht lügen. »Sie sind mir über den Weg gelaufen, als ich unter dem Paarungsfieber gelitten habe.« Als ich zu Muriel aufschaute, nickte sie mir ermutigend zu. »Ich habe es versteckt, so gut ich konnte, aber sie wussten es. Und sie wollten mein Leiden lindern.« Ich fädelte die Finger fester ineinander. »Sie haben mir geholfen.«

»Haben sie dich gegen deinen Willen mitgenommen?«, fragte Sabine.

»Sie wollten mir helfen. Und das haben sie getan. Mein Fieber ist weg.«

»Sie haben keine Erlaubnis von den Alphas eingeholt.« Sabine fegte an mir vorbei, um ein paar Holzscheite ins Feuer zu legen. »Die Regeln gibt es aus gutem Grund. Wir können nicht zulassen, dass Krieger einfach Anspruch erheben können, auf wen sie wollen.«

»Meinem Verständnis nach haben die Berserker genau das getan. Wie sonst willst du die Nacht erklären, in der sie das Kloster überfallen und uns verschleppt haben?«

»Das war zu eurem Schutz«, erwiderte Sabine.

»Es stimmt, dass viele *Holzmouwas* in jener Nacht ihre Gefährten gefunden haben«, räumte Muriel ein. »Aber das ist etwas anders. Die Alphas haben verfügt ...«

»Aber sobald eine *Holzmouwa* brünstig wird, kann sie sich einen Gefährten aussuchen, richtig?«

»Ja«, bestätigte Muriel langsam. »Aber Juliet ...«

»Tja, ich habe mir welche ausgesucht.« Trotzig verschränkte ich die Arme vor der Brust und reckte das Kinn vor.

»Wirklich? Du warst eine Nonne.« Auch Sabine verschränkte die Arme vor der Brust.

»Das bin ich nicht mehr. Jarl und Fenrir sind meine Ehemänner. Ich habe sie in einer Kirche geheiratet. Ein Priester hat unsere Gelübde bezeugt.«

Sabine blinzelte. Muriel beugte sich vor. »Sie haben dich zu einem Priester gebracht?«

»Ja.«

»Und du hast sie geheiratet?«, hakte Sabine nach.

»Ja.« Stöhnend bedeckte ich das Gesicht mit den Händen. »Beide. Sie haben den Priester dazu gezwungen.«

Sabine und Muriel wechselten einen Blick. Sabines Augenbrauen kletterten zum Haaransatz hoch. »Wirklich?« Der Priester hat dich getraut? Zweimal? Mit zwei verschiedenen Männern?«

»Nicht freiwillig.« Ich rieb mir die Stirn. »Die Krieger hätten ihn umgebracht.«

Sabine kicherte. Muriel stupste sie.

»Wir sprechen mit den Alphas«, versicherte mir Muriel. »Sie werden sich deine Sicht der Dinge anhören.«

»Danke.« Ich erschlaffte auf meinem Sitz.

»Hab keine Angst.« Muriel ergriff meine Hand. »Es wird alles gut.«

Sabine hielt den Kopf gesenkt und die Augen geschlossen. Ich hoffte, dass sie die Botschaft an ihre Alpha-Gefährten übermittelte.

In der Zwischenzeit wandte ich mich an Muriel. »Erzähl mir von den Frauen. Von den *Holzmouwas*. Wie geht es allen?«

»Es geht allen gut.« Muriels Züge hellten sich auf. »Lorbeer hat ihr Kind bekommen. Einen Sohn. Er sieht genau wie sein Vater aus.«

»Welcher Krieger ist das?«, fragte ich.

»Ulfarr. Der mit den Narben von einem Feuer im Gesicht.«

Sabine hob den Kopf. Einen Moment lang funkelte in ihren Augen ein strahlendes gelbes Licht.

»Hasel wird als Nächste gebären«, sagte sie mit ruhiger Gewissheit. Ich wollte fragen, woher sie das wusste, biss mir aber auf die Zunge. Ich hatte gehört, dass sie kräuterkundig war und von den Hexen ausgebildet wurde, um deren Handwerk zu erlernen. Anscheinend erlernte sie auch die Künste einer Wehmutter.

»Ich will dabei sein«, sagte ich. Ich wollte schon bei der Geburt von Lorbeer dabei sein, hatte mich jedoch wegen des Fiebers von ihr ferngehalten. »Das heißt, wenn sie mich dabeihaben will.«

»Natürlich wird sie dich dabeihaben wollen«, sagte Muriel. »Du kommst für die Waisen einer Mutter am nächsten. Und es sind noch zahlreiche weitere Kinder im Anmarsch. Diesen Frühling werden wir alle Hände voll zu tun haben.«

»Und im Sommer. Und im Herbst«, fügte Sabine mit leicht hochgezogener Augenbraue hinzu.

Muriel errötete und legte eine Hand auf ihren Bauch.

»Die ungepaarten *Holzmouwas* ... die Mädchen«, fragte ich. »Geht es ihnen gut?«

Ein Schatten huschte über Sabines Züge. »Wir haben sie in die Höhle der Alphas verlegt, wo sie leichter zu bewachen sind.«

Herrje. Es gefiel mir nicht zu hören, dass man die Mädchen schon wieder umgesiedelt hatte. »Liegt es daran, dass Jarl und Fenrir mich mitgenommen haben? Weil ...«

»Nein«, fiel Sabine mir ins Wort. »Es liegt nicht daran, dass du entführt worden bist. Es stehen weniger Krieger zur Bewachung zur Verfügung, weil wir uns im Krieg mit dem Totenkönig befinden.«

Das verschlug mir den Atem. »Wirklich?«

»Auch wir müssen bald gegen ihn in den Kampf ziehen.«
Muriel runzelte die Stirn, als sie mit einem Blick bei ihrer
Schwester Bestätigung suchte. »Die Hexen haben
entschieden.«

»Warum jetzt?« Ich drehte den Saum meines Gewands
in den Fingern.

»Wir glauben, dass er bald mehr Macht haben könnte«,
antwortete Sabine grimmig. Sie wirkte plötzlich verändert,
irgendwie entfernter. Schatten betonten die Umrisse ihrer
Gestalt. »Wir müssen gegen ihn kämpfen, bevor es zu spät
ist und er nicht mehr aufgehalten werden kann.«

»Mehr Macht?«, hauchte ich atemlos. »Wie?«

Eine Pause entstand, bevor Muriel antwortete: »Rosalind
ist aufgewacht.«

»Geht es ihr gut?« Rosalind hatte eine Kopfwunde
erlitten und war tagelang bewusstlos gewesen.

»Sie ist weg. Irgendwie ist sie aufgewacht und vom Berg
geflohen. Wulfgar sagt, er weiß nicht, wie sie den Wachen
schon wieder durch die Maschen schlüpfen konnte.« Muriel
biss sich auf die Unterlippe.

»Wir glauben, dass sie mit dem Totenkönig im Bunde
ist«, sagte Sabine.

»Das ist unmöglich.« Ich zermarterte mir das Hirn.
Rosalind war immer so wütend und grüblerisch gewesen.
Sie hasste die Berserker und ihr Schicksal.

Vielleicht war es ja doch möglich.

»Sie kann nie und nimmer ohne Hilfe entkommen sein.
Und Ampfer hat uns erzählt, warum Rosalind beim ersten
Mal gegangen ist. Sie wollte dem Totenkönig helfen.«

Ich bedeckte mit der Hand den Mund. *Oh Rosalind, was
hast du getan?*

»Ist schon gut.« Muriel tätschelte meine Hand. »Alles
wird gut.«

»Schwester Juliet.« Ein Krieger stand an der Tür. Ich erhob mich und strich mein Kleid glatt. »Die Alphas sind bereit für dich.«

JULIET

Ich folgte dem Krieger den Bergpfad hinunter bis zur Stelle mit den aufrechten Steinen. Sabine und Muriel begleiteten mich, und darüber war ich froh – zumindest so froh, wie ich es unter den Umständen sein konnte.

Eine große Schar von Kriegern hatte sich auf der Lichtung versammelt. Einige pirschten als Wölfe durch die Menge. Als ich in ihre Reihen trat, bildete sich eine Schneise, der ich zum Feuer und zu den großen Steinen folgte, wo die Alphas saßen. Jeden meiner Schritte begleitete ein Schlag der Trommeln. Mein Herz flatterte wie wild in der Brust, aber als ich meinen Platz erreichte, setzte ich eine gefasste Miene auf. Ich würde ruhig bleiben.

Jarl und Fenrir standen an der Seite, die Hände vor ihnen gefesselt. Ich konnte fühlen, wie ihr Blick flüchtig über mich hinwegstrich, und ich spürte hauchzart ihre gedankliche Berührung meines Geists. Sie wollten sich vergewissern, dass ich unverletzt war.

Die Trommeln dröhnten lauter, ihr Takt beschleunigte sich, und die Alphas stolzierten auf die Lichtung. Ich ballte die Hände an den Seiten zu Fäusten.

Ich würde es schaffen.

Der größte Krieger, ein blonder Hüne mit mächtigem Bart, setzte sich auf einen Thron aus Stein. Es war Samuel, einer der Gefährten von Brenna. Als er sich auf der Lichtung umsah, verstummten die Trommeln. Nach einem Herzschlag ergriff er das Wort.

»Wir haben uns hier für die Verhandlung gegen Jarl und Fenrir versammelt. Diese Krieger haben gegen unsere Verfügung verstoßen und einer *Holzmouwa* Schaden zugefügt. Sie haben sie entführt und mehrere Tage lang in einer versteckten Hütte festgehalten. Sie leugnen es nicht.« Obwohl er mit tiefem, gemessenem Ton sprach, hallte seine Stimme von den Felsen ringsum verstärkt über die Lichtung. »Will jemand für sie sprechen?«

Ich trat vor, bevor ich begann. »Ich bin Juliet, und ich spreche für sie.«

»Wirklich?«, fragte Samuel. »Warum?«

»Sie sind meine Ehemänner.« Obwohl ich zitterte, fuhr ich lauter fort. »Vor Gott und den Menschen.«

Der Alpha legte den Kopf schief. »Vor welchem Gott?«

»Meinem Gott. Sie haben gewusst, dass ich an meinem Glauben festgehalten habe, und sie haben eigens einen Priester gesucht, damit wir heiraten konnten. Sie haben mich gut behandelt. Und obwohl ich anfangs zurückhaltend war« – bei der Untertreibung verzog sich mein Mundwinkel – »bin ich jetzt ihre Gemahlin. Ich werde sie nicht verlassen.«

»Also nimmst du diese Männer als deine Gefährten an?«

»Ja. Meine Gefährten und meine Ehemänner. Ich möchte, dass du sie begnadigst.« Meine Stimme wurde belegt, trotzdem pflügte ich weiter. »Ich liebe sie.«

Von der anderen Seite des Feuers begegneten Jarl und Fenrir meinem Blick.

»Ist das wahr?« Samuel schaute an mir vorbei. »Sie nimmt sie an?«

»Es ist wahr.« Muriel und Sabine traten an meine Seite. »Wir haben mit Juliet gesprochen, und sie hat uns alles erzählt.«

Samuel überlegte. Die Versammlung der Krieger schwieg, wirkte beinah zu still. Ich wusste, dass sich Samuel mit seinen Alpha-Brüdern verständigte, aber ich hatte keine Ahnung, wie das Urteil ausfallen mochte.

Am Himmel kreisten Falken in der Frühlingssonne. Meine Beine zitterten.

»Nun gut.« Als Samuel wieder das Wort ergriff, wäre ich beinah umgekippt. Ich umklammerte meine Röcke fester. »*Holzmouwa* Juliet, wir haben dein Gesuch gehört.« Sein Tonfall wurde milder. »Weil du dich für sie eingesetzt hast, verurteilen wir sie nicht zum Tod. Aber wir können über ihr Verbrechen auch nicht hinwegsehen. Eine *Holzmouwa* zu entführen und festzuhalten, hat Folgen.« Er ließ einen finsteren Blick über die versammelten Krieger wandern.

»Haben sie nicht nur getan, was auch du getan hast?« Meine Stimme ertönte, bevor ich mich bremsen konnte. Samuel sah mich an, und ich wischte mir die schwitzenden Handflächen an meinem Kleid ab. »Herr, verzeih. Aber wir haben alle die Geschichten gehört, wie du deine Gefährtin gefunden hast. Und wie die Alphas des Tieflandrudels die ihre gefunden haben.«

Ein Raunen ging durch die Ränge der Krieger. »Schweigt!«, befahl Ragnvald und heftete ein schiefes Grinsen auf mich. »Du kennst die Geschichten, also weißt du auch, warum es Regeln gibt. Du weißt, warum sie wichtig sind. Wir müssen die *Holzmouwas* beschützen.«

»Diese Krieger *haben* mich beschützt.« Vor mir selbst. »Aber wenn ihr sie an Regeln gebunden haltet, gegen die ihr selbst verstoßen habt, dann bete ich, dass ihr ihnen Gnade erweist.«

»Gnade«, murmelte Samuel und strich sich über den blonden Bart. Neben ihm saß Brenna auf einem kleineren Steinthron. Sie ergriff seine Hand und drückte sie.

»Also gut. Wir gewähren ihnen Gnade. Dennoch wird ihnen eine Strafe auferlegt. Im bevorstehenden Krieg gegen den Totenkönig werden sie an vorderster Front kämpfen.«

Ich vergrub das Gesicht in den Händen.

Muriel legte mir tröstend die Hand auf den Rücken. »Wenigstens ist es kein Todesurteil.«

»Ach nein?«, murmelte ich. Die Magie des Totenkönigs wuchs. Die Hexen wagten nicht, sich ihm zu nähern, damit er sie nicht überwältigen und ihre Kräfte für sich beanspruchen konnte. Wie würde es den Berserkern ergehen?

Muriel entfernte sich, und der Geruch von Holzrauch umgab mich. »Ist schon gut, Ehefrauchen.« Fenrir löste mir die Hände vom Gesicht. Ich warf mich ihm entgegen, umarmte ihn und tauchte in seine Wärme ein.

Jarl presste sich an meinen Rücken. »Wir werden kämpfen, und wir werden gewinnen.«

»Es heißt, es wäre hoffnungslos«, flüsterte ich.

»Dann musst du beten. Du hast uns Geschichten von deinem Gott und seinen Anhängern erzählt. Haben sie sich nicht auch oft dem Unmöglichen gestellt?«

»Ja.« Ich blinzle, als Jarl mir Tränen von den Wangen wischte.

»Dann bete zu deinem Gott. Und glaube.«

JULIET

Der Mond nahm wieder zu, als ich an der Tür der Hütte stand, die Jarl und Fenrir für mich gebaut hatten. Meine Hände rieben die Wölbung meines Bauchs. Noch sah man es mir kaum an, aber eines Tages würde mein Bauch so rund wie der Vollmond sein. Ich hatte es niemandem gesagt, weil man sonst darauf bestanden hätte, dass ich mit den anderen Frauen in den Höhlen der Alphas bliebe.

Rastlos lief ich vor der Hütte auf und ab. An diesem Tag sollten die Berserker nach Hause zurückkehren. Meine Männer hatten an der Front gekämpft, und obwohl ich Berichte gehört hatte, dass es ihnen gut ging, würde ich es erst glauben, wenn ich sie mit eigenen Augen gesehen hätte.

Mein Glaube hatte seine Grenzen.

Bitte!, flehte ich stumm und hob das Gesicht dem Mond entgegen. Ich hatte jeden Tag zu Gott gebetet und mich damit beschäftigt, mich um die Waisen zu kümmern. Und obwohl mir das Warten schwergefallen war, hatte sich Friede in mir ausgebreitet.

Nun war die Zeit des Wartens vorbei.

Juliet? Wo bist du? Als Fenrirs Geist den meinen berührte, wäre ich beinah in die Luft gesprungen.

Ich bin hier. Ich schickte ihm ein Bild von mir, wie ich an der Türöffnung der Hütte stand. *Ich warte.* Abrupt blieb ich stehen. Ich verlagerte das Gewicht von einem Bein aufs andere, während mein Herz wie eine Trommel wirbelte.

Wir kommen. Wir sind fast zu Hause.

Ich schloss die Augen und sah in Gedanken, wo sich meine Krieger befanden. Auf dem Weg den Berg herauf. Um sie herum nahm ich verschwommen den Wald wahr.

Ich öffnete die Augen in dem Moment, als Jarls Kopf über der Kuppe der Anhöhe erschien. Fenrir folgte ihm. Als sie mich sahen, beschleunigten sie die Schritte, wurden jedoch wieder langsamer, als sie sich näherten. Sie sahen müde aus, und ihre Kleidung war verdreckt, aber ich hatte sie wieder zu Hause.

Die letzten Schritte rannte ich ihnen entgegen, packte sie vorn an den Wämsern und zog sie zu mir herab, um sie beide zu küssen.

»Gott sei Dank. Gott sei Dank.« Ich schluchzte.

»Dank Fenrir. Er hat mir mehr als einmal das Leben gerettet«, brummte Jarl.

»Danke«, hauchte ich und warf mich in Fenrirs Arme. Er lachte, als er mich auffing.

»Ist es vorbei?«, fragte ich. »Ist es vollbracht?«

Er drückte die Stirn an meine. »Es ist vollbracht. Der Berg ist sicher.«

Ich fragte ihn nicht, wie sie den Totenkönig besiegt hatten. Diese Geschichte würde ich noch zu hören bekommen. Vielleicht, wenn wir wieder vor dem Eingang zu den Höhlen der Alphas um das Feuer versammelt wären.

»Ehefrauchen.« Fenrir nahm mein Gesicht in die Hände

und musterte mich von oben bis unten. Als er bei meinen Füßen angelangte, runzelte er die Stirn. »Wo sind deine Stiefel?«

Ich lachte trotz meiner Tränen. »Ich habe sie Wiese geschenkt.« Die Älteste der ungepaarten *Holzmouwas* hatte geschmachtet, seit alle verfügbaren Krieger in den Kampf gegen den Totenkönig gerufen worden waren. Das neue Paar Stiefel hatte sie etwas aufgemuntert.

Ein Knurren grollte in Fenrirs Brust, als er meine Tränen wegwischte. Er schüttelte den Kopf und schimpfte verspielt: »Sobald wir dir welche bringen, gibst du sie weg.«

»Wiese dankt euch für das Geschenk.« Ich schloss die Augen, als er sich an meine Wange schmiegte und seitlich an meinem Hals knabberte. »Ich habe es getan, damit ihr wohlbehalten zu mir zurückkehren würdet.«

Als er sich von mir zurückzog, hatte er ein neues Paar Stiefel in der Hand. »Gib die nicht wieder weg. Sag uns einfach, wer ein Paar braucht, dann besorgen wir es.«

»Danke, mein Gemahl.«

»Gehen wir hinein«, brummte er. »Es ist zu kalt für dich.«

Ich seufzte und ließ mich von ihm zurück in die Nähe des Feuers ziehen. »Das Wetter ist immer noch nicht richtig für den späten Frühling.« Ich biss mir auf die Unterlippe. Waren das Auswirkungen des Totenkönigs?

»Es kann eine Weile dauern, bis sich das Wetter wieder einpendelt«, meinte Fenrir. »Aber fürchte dich nicht, kleine Mutter. Wir genießen die Zeit, die wir drinnen verbringen, in vollen Zügen.«

Sie legten mich hin und machten sich an mir zu schaffen. Fenrir wickelte mich in Felle, während Jarl das Feuer schürte.

»Wir haben reichlich Holz«, bemerkte er.

»Knut hat es bevorratet«, sagte ich von meinem Platz aus, kuschelig und warm in die Felle gehüllt. »Er hat mich heute herbegleitet, als Dank dafür, dass ich seiner Gefährtin geholfen habe. Hasel hat zum Neumond entbunden. Ein Mädchen.«

»Knut ist Vater.« Fenrir schüttelte den Kopf.

Ich ließ den Kopf hängen. Zu Michaeli würden auch sie Väter sein, aber ich hatte es ihnen noch nicht gesagt.

Nachdem sie ihre Arbeiten eine nach der anderen erledigt hatten, gingen sie in den kalten Bach, der neben der Hütte floss. Sie kehrten nackt zurück und warfen die Köpfe hin und her, um das überschüssige Wasser abzuschütteln. Der Anblick ihrer nackten Körper wärmte mich durch und durch.

»Tut gut, sauber zu sein«, meinte Fenrir, und Jarl stimmte ihm zu.

»Wir haben frisches Wild mitgebracht.« Jarl öffnete sein Bündel. »Wir haben auch Dörrfleisch, obwohl ich es mittlerweile nicht mehr sehen kann.«

»Wir können auf die Jagd gehen«, fügte Fenrir hinzu.

»Ich hungere nicht nach Fleisch«, sagte ich ihnen. »Ich hungere nach euch.« Ich warf das Fell von mir und zog mein Kleid hoch.

Das Bett erzitterte, als sich die zwei Berserker hinlegten. »Ehefrauchen«, brummte Jarl an meinen Lippen. »Wir hungern auch nach dir.«

Ich küsste ihn, bis mein Gesicht gerötet vom Kratzen seines dichten Barts wurde. Als ich mich Fenrir zuwandte, schob Jarl die Hände in mein Gewand und riss es auf.

Ich schnappte nach Luft, und er murmelte: »Wir bringen dir ein Neues.«

Fenrir eroberte meinen Mund, während Jarl meine Brüste erkundete. Seine Zähne klemmten sich um meinen empfindlichen Nippel, und ich schrie auf.

Fenrir schaute auf. »Geht es dir gut?«

»Ja.« Ich packte Jarls Kopf und zog ihn näher heran. »Mehr. Ich will mehr.«

Meine Ehemänner rissen den Rest meines Gewands weg, als sie sich nach unten vorarbeiteten. Sie drehten mich zwischen ihnen auf die Seite, Jarl vorn, Fenrir hinten. Ihre Bärte schrammten über meine Haut, als sie mich küssten, sich an mich schmiegten und meinen Geruch einatmeten.

Jarl hakte mein linkes Bein über seine Schulter und schnupperte in der Nähe meiner sehnsüchtigen Pforte. Fenrir verließ für kurze Zeit das Bett. Als er zurückkam, träufelte er mir Öl auf den Hintern. Seine Finger tauchten zwischen meine Backen, während Jarls Zunge über meine unteren Lippen schnellte. Meine Hüften wogten vor und zurück, als es mir meine beiden Männer besorgten, der eine mit den Fingern, der andere mit der Zunge. Mein Höhepunkt fegte über mich hinweg wie ein Schwall kalten, frischen Wassers. Die Hütte füllte sich mit meinen atemlosen Schreien.

»Unartiges Eheweib«, murmelte Fenrir an meiner Schulter. Er presste den großen Körper an meinen und rieb seine Härte an der Rückseite meines Beins. »Was willst du?«

»Euch«, flüsterte ich meinen Kriegern zu. *Ich will euch*, fügte ich in der Gedankenverbindung zwischen uns hinzu. Ich teilte mit ihnen das Bild von mir, wie ich in dem Gestell hing, die Arme über den Kopf gestreckt, die Beine gespreizt. Mein Körper glitzerte im Feuerschein vor Öl.

»Fesselt mich«, murmelte ich. »Bestraft mich. Ich will euch spüren.«

»Du willst bestraft werden?« Jarl rieb mit dem Handballen über meine unteren Lippen und entfachte neue
Freude in mir.

»Ja.« Ich wogte wilder mit den Hüften, doch Jarl zog die
Hand zurück.

»Was ist mit dem Kind?« Fenrir legte die Hand auf
meinen Bauch. »Wann wolltest du es uns sagen?«

Ich biss mir auf die Unterlippe. »Ich dachte, ihr würdet
es erahnen.«

Fenrir rollte mich behutsam auf den Rücken und
drückte mir einen Kuss auf den noch flachen Bauch. »Wir
wussten es, sobald wir dich gewittert haben.«

»Dein Duft ist anders«, sagte Jarl. Er stand mit Leder-
bändern in der Hand neben dem Bett. »Nun denn, Bruder,
wie wollen wir sie dafür bestrafen, dass sie Geheimnisse für
sich behält?«

»Wir fesseln sie und beanspruchen sie umfassend«,
schlug Fenrir vor und zog mich auf die Beine. Er entfernte
den Wendelring von meinem Hals, klemmte mir die Hand
um das Genick und führte mich zum Gestell, wo Jarl bereits
wartete. Als mich die Berserker in Position brachten,
erwiesen sie sich zwar als sanft, aber das Schimmern in
ihren Augen ließ mich erschauern.

Jarl fesselte mir die Arme über dem Kopf, während
Fenrir meine Füße festband. Dann fuhren sie mit den
Händen über mich, streichelten mich, ölten jeden Teil von
mir gründlich ein. Bettelnd bewegte ich die Hüften vor, aber
Jarls Berührungen blieben unverändert. Allzu bald
entfernten sie die Hände.

Fenrir klatschte mit der Hand auf meinen Hintern. Er
versohlte mir erst die eine Backe, dann die andere, während
Jarl vor mir stand und mit der geölten Hand an seiner Härte
entlang auf und ab fuhr. Ich wölbte den Rücken durch,

streckte ihm aufreizend den Busen entgegen. Jarl grinste und schüttelte den Kopf.

Als Fenrir fertig wurde und zurücktrat, fühlte sich mein Hinterteil warm an.

»Atme«, forderte Jarl mich auf, und ich verstand nicht, was er meinte. Fenrir flocht mir das Haar und legte es mir so über die Schulter, dass es über meine Brust hing. Als er zurücktrat, kribbelte meine Haut. Im nächsten Atemzug begann ein stechender Hagel zwischen meinen Schulter-blättern. Ein Aufschrei entfuhr mir.

»Atme«, erinnerte mich Jarl. Er legte mir eine Hand übers Herz. »Atme einfach.«

Die geknoteten Enden des Auspeitschers schlugen aber-mals zu. Fenrir bemalte meinen Rücken mit forschen Schlä-gen. Wieder und wieder bissen mich die Stränge. Als er aufhörte und den Körper an meinen Rücken drückte, schrie ich auf und setzte mich zur Wehr, da seine Brustbehaarung an meiner empfindsamen, wunden Haut rieb. Durch meine Mitte pulsierte ein erlesener Schmerz. Jedes Pochen fiel heftiger aus als das davor, wie eine sich aufbäumende Welle, die mich unter sich begrub.

Tief in meinem Geist hörte ich den wilden, heidnischen Takt, der im Rhythmus meines Herzens schlug. Die Trom-meln. Sie waren ein Teil von mir.

Jarl trat vor. Mondlicht und Feuerschein liebkosten seinen nackten Körper. Seine Tätowierungen schienen sich über seine Brust zu winden wie dämonische Zungen. Er stellte sich vor mich und zog meinen Kopf am Zopf nach hinten. Als er mich küsste, glitt seine Mannespracht in mich. Meine inneren Muskeln erbebten, als er tief in meinen engen Schoß vordrang. Als sich mein Körper für ihn öffnete, ihn vollständig aufnahm, stöhnten wir beide.

Langsam nahm mich Jarl. Jedes Mal, wenn er sich

zurückzog, peitschte Fenrir mich erneut, klatschte mir mit den Ledersträngen über den Hintern, bis Hitze meine Scham flutete. Schließlich bückte er sich und band meine Füße los. Prompt schlang ich die Beine um Jarl und zog ihn an mich.

»Du bist so eng«, stieß Jarl knurrend hervor. »Wie fühlst du dich?«

»Ausgefüllt.« Als er tief zustieß, spürte ich ihn in jedem Teil von mir.

»Nicht ausgefüllt genug.« Fenrir träufelte Öl in meine hintere Ritze. Jarl hievte mich höher an sich, und Fenrir setzte die feste Spitze des Stöpsels an meinem Hintern an.

»Oh nein.« Ich stöhnte.

»Oh doch.« Fenrir drückte, bis der Stöpsel mein hinteres Loch dehnte. Jarl kam und stöhnte an meiner Schulter. »Fühl das, Bruder.« Er trat zurück, und Fenrir nahm seinen Platz ein.

Fenrir nahm mich härter, rammte sich so tief in mich, dass der Stöpsel in meinem Hintern vibrierte. Seine Hüften zuckten in kurzen, pulsierenden Stößen, die dafür sorgten, dass mir die Augen nach oben rollten. Die Ekstase verdichtete sich in meinem Unterleib zu einem goldenen Strudel, der meine Empfindungen höher und höher schraubte.

Hinter mir schrammten Jarls Zähne über meine Schulter. Er zog den Stöpsel heraus. Meine hintere Öffnung blieb leer und klaffend zurück. Ich schrie, meine Finger krümmten sich um die Fesseln. Jarl drang mit seiner Härte in meinen Hintern, Fingerbreit für Fingerbreit, während ich um Gnade flehte.

Als ich mich in meinem Höhepunkt auflöste, schnellte ich jäh in lichte Höhen empor. Ich schwebte über dem Gestell und sah, wie ich mich zwischen den beiden Kriegern wand, während sie sich in meinem zierlichen Körper vergraben hatten.

Ich war zwischen ihnen eingekeilt. Gefangen und ihrer Gnade ausgeliefert. Mein Körper mochte in einem Käfig aus riesigen Berserkern stecken, doch mein Herz fühlte sich frei.

»Wir beten dich an«, flüsterte Fenrir mir ins Ohr. Er wogte tief in mich und schob mich weiter auf Jarls pralle Härte. Mit einem Aufschrei kehrte ich in meinen Körper zurück. Schweiß lief mir über die Brust und verschwand zwischen uns. »Kleine Göttin.«

Ich war zu überwältigt, um Einspruch zu erheben. Meine Hände umklammerten die Lederfesseln, an denen ich mich zwischen meinen Kriegern höher zog. Fenrir hielt meine Hüften fest, während Jarl rhythmisch in meinen engen Hintern stieß. Alles in mir zog sich zusammen, ballte sich, spannte sich bis zum Zerreißen, bauschte sich zum nächsten Höhepunkt auf.

Auch Fenrirs Stöße wurden tiefer, wuchtiger. Überwältigt bebte ich und schrie. Mein Höhepunkt schwoll zu einem heißen, weißen Gleißen an, so groß wie der Mond.

Als sich die Lust in mir entlud, erfüllte sie mich mit Licht.

Juliet, riefen in meinem Kopf meine Ehemänner, die den Höhepunkt mit mir teilten. Ich spürte sie, befand mich jedoch zu weit entfernt, um zu antworten. Ich stieg an einen Ort jenseits aller Gedanken, jenseits des Körpers auf, verlor mich in einer Welt reiner Empfindungen, in der es sonst nichts gab. Keinen Gott, keine Menschen, nur pure Glückseligkeit. Ich war nicht Juliet. Ich war die reinste Version meiner selbst, ein Geist, pures Licht. Und Jarl und Fenrir waren bei mir, aber es gab keine Grenzen zwischen uns.

Wir waren eins.

***

*Das nächste Buch erzählt Rosalinds Geschichte: Den Berserkern
ergeben.*

KOSTENLOSE NOVELLE

Hol dir ein kostenloses Exemplar von Gezeugt von den Berserkern und Eine Berserker-Geburt, indem du dich für meinen Newsletter anmeldest.

Der dritte Teil von Daegans, Brennas und Samuels Geschichte. Lies den ersten Teil in **Verkauft an die Berserker** *und den zweiten in* **Gepaart mit den Berserkern**. *Diese Novelle ist kostenlos, ein Geschenk.*

https://BookHip.com/PKRMGC

DIE BERSERKER-SAGA

DIE FRAUEN DER BERSERKER

Alphas Versuchung: Eine Milliardär-Werwolf-Romanze
Alphas Gefahr
Alphas Preis
Alphas Herausforderung
Alphas Besessenheit
Alphas Verlangen
Alphas Krieg

***

Der Soldat, der mich verführt

Ihre Daddys – zwei Rivalen

Die Schöne und die Holzfäller

***

Unschuld mit Stasia Black (Eine dunkle Liebesgeschichte)
Das Erwachen (Unschuld 2)
Königin der Unterwelt: Eine Dunkle Liebesgeschichte
(Unschuld 3)

Die Gefangene des Biestes: Eine dunkle Romanze (Die Liebe des
Biestes 1)
Die Rache des Biestes: Eine dunkle Romanze (Die Liebe des
Biestes 2)

IMPRESSUM

www.ingramcontent.com/pod-product-compliance
Lightning Source LLC
Chambersburg PA
CBHW050140110726
47898CB00008B/2610